Jonge vrouw onderworpen door een vampier

Overheersing en erotische onderwerping

Erika Sanders

ERIKA SANDERS

Jonge vrouw onderworpen door een vampier

Erika Sanders

Serie
Overheersing en erotische onderwerping

Korte inhoud

Vladimir is een vampier die op zoek is naar een metgezel om hem te vergezellen in zijn eeuwige leven.

Kristina is een jonge Kroatische die onlangs haar partner heeft verloren en er kapot van is.

Die liefde en het lijden zorgen ervoor dat hij haar opmerkt en geboeid blijft door haar geest.

Dus besluit hij haar te ontvoeren ...

Jonge vrouw onderworpen door een vampier het is een nieuwe roman uit de Erotic Domination-collectie, een serie romans met een hoog romantisch en erotisch BDSM-gehalte.

(Alle personages zijn 18 jaar of ouder)

Opmerking over de auteur:

Erika Sanders is een internationaal bekende schrijfster, vertaald in meer dan twintig talen, die haar meest erotische geschriften, ver van haar gebruikelijke proza, ondertekent met haar meisjesnaam.

Inhoudsopgave:

JONGE VROUW ONDERWORPEN DOOR EEN VAMPIER
ERIKA SANDERS

EERSTE DEEL
VLADIMIR

HOOFDSTUK I

Vladimir, schitterend in het zwart op zijn bloedrode zijden das na, keek medelijdend naar de jonge vrouw die zich over het pas overdekte graf boog.

Haar bittere, overvloedige tranen dienden alleen om haar groeiende honger te voeden.

Zijn violette ogen glansden in de toenemende duisternis terwijl hij zocht naar de juiste nadruk waarop hij zijn zoektocht kon voortzetten.

Na verveeld te zijn geraakt door de gebruikelijke haastige razernij van zijn jeugd, had hij een diep verlangen om zichzelf aan te vullen met deze gekwelde schoonheid.

Haar hartverscheurende gejammer deed het bloed door haar aderen stromen.

Vladimir aarzelde niet langer en stapte uit de schaduw.

Kristina was buiten zichzelf van pijn.

Ze sloeg haar armen om haar middel en schreeuwde het uit naar Andrej.

De mensen van de stad Split hadden haar met rust gelaten.

Ze vergaven hun veroordeling van haar niet, omdat ze begrepen dat ze een rol had gespeeld in de dood van Andrej.

Kristina en Andrej hadden plannen.

Ze moeten getrouwd zijn geweest in de kapel van hun stad.

Andrej hield vol dat soldaat zijn een geloofwaardige manier was om het geld te verdienen dat nodig was om zijn nieuwe huis te vestigen.

Maar met zijn dood waren zijn dromen gestorven.

Zijn familie was meedogenloos in hun haat, omdat ze haar nooit hadden goedgekeurd.

Kristina was zo wanhopig dat ze overwoog haar leven te beëindigen.

Dan zou ze voor altijd aan Andrej kunnen worden gekoppeld.

Ze voelde een aanwezigheid achter haar en sloeg haar betraande smaragdgroene ogen, omlijst door haar zwarte rouwsluier, op naar de man die stilletjes boven haar opdoemde.

'Laat me alstublieft aan mijn pijn over. Ik heb je niets te bieden. Fluisterde ze hees.

Haar blik was echter verbonden met zijn hypnotiserende blik en ze kon niet wegkijken.

'Vergeef me mijn inbreuk,' klonk zijn betoverende stem over haar heen, 'ik dacht eraan je troost te bieden. Ik wilde niet respectloos zijn.'

'Laat me alleen, meneer. Ik wil alleen zijn om erover te rouwen.'

Zijn stem was compromisloos ondanks de kleine twijfels die door die ogen en zijn stem werden veroorzaakt.

Kristina keek naar beneden en concentreerde zich weer op de hoop aarde voor haar.

Vladimir was woedend.

Niemand, niemand had het aangedurfd hem zo af te wijzen.

Deze onbeschofte meid!

Zijn brutaliteit zal hem kosten, zwoer hij in stilte.

Hij voelde dat zijn tanden begonnen uit te steken, maar dit was niet het juiste moment.

Zijn bloed kookte van meer dan lust.

Hij was in een zeer goede bui, wat zeer zeldzaam was.

Met een laatste berekenende blik op haar gebogen hoofd trok hij zich even terug om zijn gedachten te ordenen.

Hij fuseerde opnieuw met de schaduwen om te wachten op een beter moment om naar haar zijde terug te keren.

HOOFDSTUK II

Kristina rilde terwijl de verfrissende schaduwen die om haar heen wervelden langzaam haar lichaam omhulden.

Hij liet de witte roos die hij in zijn hand had gegrepen op de grond vallen, waar Andrej zou zijn, voor eeuwig opgeslokt.

Als laatste die van haar hield, gaven haar ouders zich vorig jaar over aan de koorts die hun volk had overspoeld en gedecimeerd.

Hij liep met zware passen, met langzame passen naar het huis van zijn jeugd.

Hij opende de voordeur en liep de trap op naar zijn kamer, zonder duidelijke trek.

Hij had deze drie dagen niet kunnen eten sinds Andrej's lichaam was aangekomen om begraven te worden.

Kristina kleedde zich uit met dezelfde matte bewegingen.

Zijn met pijn gevulde ogen sloten zich van opluchting.

Haar pijn stopte even toen ze in een droomloze slaap gleed, al haar energie besteedde aan het veiligstellen van een behoorlijke begrafenis voor Andrej.

Vladimir was haar met gemak gevolgd, altijd waakzaam.

Ze merkte geen andere aanwezigheid in het huis op, had gewacht tot hij de kaars zou uitblazen en begon toen behendig het latwerk naast zijn balkon te beklimmen.

Vladimir kroop over de vloer en gleed moeiteloos op het bed waar Kristina rusteloos onder de dekens lag te verschuiven, zacht kreunend.

Maanlicht scheen helder naar binnen, door de open balkondeuren naar het bed.

Haar lippen gingen uiteen in een onheilige glimlach en ze zag haar borst omhoog en omlaag gaan, de linten van haar nachtjapon zo losgemaakt dat ze over de bovenkant van haar borst rustten.

Een klein gouden kruisbeeld omcirkelde haar nek en haar zwarte haar viel over het kussen.

Ze strekte een lange, benige vinger uit, haakte haar vingernagel onder de kanten rand en schoof hem lager.

Haar ogen straalden van waardering voor het onbedekte melkachtige vruchtvlees, de rijke rode sappige tepel die prominent in de koele nachtlucht uitstak.

Hij snoof de lavendelgeur op die op zijn huid zweefde, zijn pik vertoonde een flikkering van interesse, maar toen vervaagde diezelfde interesse.

Vladimir was zich ervan bewust dat hij, om volledig opgewonden te raken, een beetje van haar bloed moest nemen en het met het zijne moest mengen.

Ze bukte zich en drukte haar lippen tegen haar borst, net boven de tepelhof.

Zacht blazend observeerde hij die kruin van de tepel nog meer.

Duistere passies sprongen in zijn hoofd, mogelijkheden strijden met elkaar om dominantie.

Terwijl deze gedachten in een angstaanjagend tempo vloeiden, mompelde Kristina 'Andrej'.

Een woord.

Vladimir zorgde ervoor dat hij vandaag met zijn hele wezen zijn herinnering aan Andrej zou wissen.

En hij had nooit beloften gebroken die hij aan zichzelf had gedaan.

HOOFDSTUK III

Vladimir ontdeed hem van de valstrikken van de mensheid en vouwde zijn bezittingen zorgvuldig en zorgvuldig op.

Hij keerde terug naar het bed en ging op Kristina's dijen zitten, met een ruk naar voren om zijn tanden in haar borst te laten zakken.

Kristina werd wakker met een geschrokken zucht en keek naar dat donkere hoofd dat haar raakte waar nog geen man haar eerder had aangeraakt.

Toen ze haar handen bewoog en zijn haar wegpakte, sloeg Vladimir zijn overtuigende ogen op en hield haar tegen zonder iets te zeggen.

Ze werd boven haar bevattingsvermogen getrokken door de pracht van zijn stompe blik en werd gevangen als een vlieg in een web.

Vladimirs ogen wervelden van hartstocht, brandden van onberouwvolle behoefte.

'Wie ben je? Wat wil je van me?' Kristina huilde zachtjes. 'Laat me alleen! Ga mijn huis uit! Of ik schreeuw!'

Al die tijd plaagden haar racende gedachten haar, wetende dat de dorpelingen geen vinger zouden opsteken.

'Ik ben Vladimir,' zei hij terwijl hij nonchalant zijn druipende slagtanden likte met zijn tong. 'En ik ben hier omdat je schoonheid en onschuld mijn aandacht trokken. Ik ken je gedachten voordat je ze hebt en voordat vanavond voorbij is, zul je de passie kennen die ik voor je heb. Vergis je niet, vanaf nu ben je van mij om te doen wat ik wil. Alsjeblieft, en het zal gemakkelijker voor je zijn als je toestemming geeft om je te bezitten."

Vladimir koos die woorden met opzet, wetende dat Kristina bij iemand wilde horen.

Kristina blies langzaam haar adem uit.

Ze had hem zijn mond zien bewegen, had hem haar bloed zien proeven.

Nu wist ze dat hij een vampier was.

Interessant genoeg was ze niet bang voor hem, noch werd ze afgestoten door zijn daden.

Ze vroeg zich even af of hij haar betoverd had, en besloot toen dat het er niet meer toe deed.

Hij was al begonnen met het zuigen van haar en ze wist dat alles verloren was.

Omdat hij spijt had van zijn eerdere zwakke oordeel bij de gedachte aan een einde aan zijn leven, wist hij nu dat hij wilde blijven leven.

Haar lethargie verdween en ze vocht tegen hem als een wilde kat.

Ze kregen ruzie toen ze wist dat haar geliefde Andrej zo moet hebben gevochten om in leven te blijven.

Helaas vocht Kristina ongelijk en werd ze snel overweldigd, maar ze nam haar toevlucht tot een laatste wanhopige daad.

Met Vladimir stevig op haar dijen verschanst, zijn knieën haar op zijn plaats houden en zijn handen die haar armen naar beneden hielden terwijl ze zich over haar hoofd verspreidden, trok ze zich terug en stootte toen naar boven in een poging hem te bijten, haar tanden zakten in zijn schouder.

Vladimir glimlachte omdat Kristina per ongeluk nog meer een band met hem had gekregen.

En in plaats van te kunnen ontsnappen, was ze al zijn bezit met die kleine bloedwisseling.

'Ah, mijn energieke schoonheid, je zult altijd van mij zijn,' spinde hij. 'Ik ben vanaf nu je leraar.'

Vladimir liet zijn tanden in haar onberispelijke borst zakken en putte gretig uit haar.

Een stroom van rijk bloed stroomde samen de heuvel af, de vallei tussen haar borsten in.

Hij bewoog zich snel langs haar lichaam en beet haar willekeurig nog meer in zijn verkenningen.

Hij had er geen idee van haar voorzichtig in te leiden.

Ik was gefascineerd door haar geest en haar levendigheid.

Hij schopte de sprei met zijn voet naar achteren en wikkelde de jurk om haar middel, om even te vieren wat hij ontdekte.

Die zijden dijen wachtten hem daar.

Kristina's lichaam trilde van behoeften die ze niet begreep.

Ze kronkelde onder zijn meesterlijke aanraking.

Onoplettend kronkelend, stikte haar geest van sensaties.

Zenuwuiteinden tintelen herhaaldelijk over hun hele lengte, anticiperend, koortsachtig instemmend met zijn geliefde.

Toen Vladimir zijn slagtanden in haar dij liet zakken, werd zijn bovenlichaam onbedoeld rechtgetrokken en deze keer greep hij zijn haar en trok hij hem strakker over die bleke huid.

Die huid zo warm voor zijn lichaam, zo koud was een welkome afkoeling.

Vladimir dronk zijn vulling en verzegelde die wond met zijn tong.

Hij kon het bloed uit zijn pik voelen gutsen en zwaarder worden.

Het was lang geleden, te lang geleden dat hij met zijn lid het vlees van een vrouw had doorboord.

Hij had deze vrouw met de grootste zorg uitgekozen.

Scherp afgestemd op degenen die pijn ervoeren, had hij haar opgezocht, weg van zijn eigen normale jachtgebied.

Na meer dan zes eeuwen te hebben geleefd, kon hij op één hand rekenen hoe vaak hij had gedekt.

Zich ervan bewust dat Kristina niet door een andere man was geneukt, leidde hij haar hand naar zijn gezwollen lul en moedigde haar aan om hem vast te pakken.

Ze experimenteerde een paar minuten, streek er met haar handen overheen en leerde de vorm, textuur en kracht ervan.

Aangemoedigd door zijn onderdrukte adem die op een harde manier werd losgelaten, greep ze hem steviger vast en streelde zijn pik harder en sneller.

De goedkeuring van haar ogen zocht, wetende dat ze hem behaagde door de overduidelijke verwijding.

Zijn handen vonden schaamteloos een natuurlijk ritme en oefenden druk uit op verschillende punten.

Geduldig, bijna teder, in stilte, stond Vladimir haar deze vrijheid toe.

De wetenschap dat zij voor alle eeuwigheid van hem was, zorgde ervoor dat hij het haar wilde onderwijzen.

Maar toen het verlangen in brand stond, raakte haar geduld al snel op.

Zijn vingers verkenden haar natte opening en testten haar bereidheid.

Hij plaagde haar lippen, streek met zijn vingers door haar krullen, trok eraan en voelde haar warmte.

Kristina bewoog zich onder zijn hand om antwoorden te zoeken op deze vreemde gevoelens die op onbekende plaatsen in haar lichaam pijn deden.

Beschaamd door de vochtigheid, zocht ze zijn ogen nog een keer met haar onuitgesproken vraag.

'Kristina, dit is een wens. Dit is je lichaam dat zich voorbereidt op mijn plezier en wat je plezier zal zijn ".

Kristina had niet verbaasd moeten zijn dat hij haar naam kende.

Het werd steeds duidelijker dat hij alles wist.

Vladimirs ogen glinsterden toen hij haar gedachten las.

Het was klaar, klaar en gloednieuw.

Voordat hij haar neukte, ging hij haar proeven.

Hij was niet langer immuun voor haar charmes, hij was niet langer boos, hij hongerde nog steeds naar honger om die brandende hartstochten te lessen.

Hij bewoog zich lager langs haar lichaam en plaatste zijn lippen en tong over haar kutje.

Hij stak zijn tong naar binnen en voelde haar trillen onder en rond zijn aanraking.

Hij bewoog zijn tong in en uit haar, waarbij hij die druk nog steeds verhoogde, Kristina's heupen pompten en duwden op natuurlijke wijze om zijn tong te ontmoeten.

Zonder na te denken, paste ze bij haar passies.

Net toen ze op de rand was, trok hij zich terug om een hoektand in haar clitoris te laten zakken.

Ze hapte naar adem toen ze over dat randje van passie viel en haar sappen op zijn wachtende tong morste.

Hij dronk diep, net als voorheen tegen haar dij.

Vladimir verheugde zich, voelde zijn sperma op zijn tong, de sappen die door zijn keel stroomden, laadden zijn erectie verder op.

Dit was zo uit de hand gelopen als toegestaan.

Het beheersen en behagen van Kristina bracht hem tot in het oneindige.

Hij keek naar het laatste van haar orgasme en keek haar toen aan.

Ze gloeide in het maanlicht en het ongebreidelde verlangen bleef nog in haar ogen hangen.

HOOFDSTUK IV

Kristina was buiten zichzelf en begreep nog steeds niet wat er aan de hand was.

Haar hele lichaam was levend en tintelend en daarvoor had ze Vladimir te danken.

Ze vond vertrouwen in zichzelf dat voorheen onbekend was, en gleed dapper over het bed naar zijn mond.

Ze pakte zijn lippen, beet en hapte speels en smeekte hem om door te gaan.

Ze sloeg haar lange benen om zijn middel en wiegde hem tegen haar midden.

Het had nog steeds een vleugje kilte, maar minder dan voorheen.

Het voelde goed, hij voelde zich goed genesteld tussen haar dijen.

Ze bewoog haar heupen een beetje, haar passies waren nog lang niet voorbij.

Vladimir was geamuseerd door zijn brutale onervaren pogingen tot oogverblindend, een meer dan gewillige deelnemer.

Plezier hebben betekende echter niet dat hij zichzelf zou uitleven.

Hij bewoog zijn hand naar zijn pik en duwde haar volledig in zijn hitte, waarbij hij gemakkelijk zijn maagdenvlies brak en overtreft.

Ze maakte bezwaar zonder tekenen van een gevecht, waardoor Vladimir gewelddadig en ongegeneerd bewoog zonder remmingen.

Hij was nog nooit intiem geweest met een maagdelijke vrouw die hem zo gewillig uitnodigde om haar zonder protest te neuken.

Zijn eerdere muiterij werd vergeten in zijn zoektocht om haar de zijne te maken, nu was hij in totale onderwerping.

Terwijl hij zijn pik in haar poesje aaide, streelde hij ook haar clitoris en voelde de verhoogde rand achtergelaten door haar slagtand.

Elke slag, heter dan ooit, verhoogt je lichaamstemperatuur, met je onbeperkte bewegingen.

Hij leunde met een elleboog langs zijn zij, reikte naar beneden om een tepel vast te pakken en voelde hoe deze poetsen.

Waar hij voorheen beperkte gevoelens had, explodeerde zijn geest in een caleidoscoop van kleuren.

Deze koppeling overtrof uw verwachtingen.

Kristina's lichaam klemde zich om hem heen en greep hem vast als geen ander.

Haar gekreun nam toe, haar ademhaling vertraagde tot hijgen.

Gepolijst met zijn sap, voelde Vladimir dat hij zich nog meer uitbreidde en wist dat hij bijna zou komen.

Met een laatste zetje stuurde hij ze allebei over de rand.

Scherpe kreten van hartstocht vermengden zich.

Vladimir pompte non-stop Kristina binnen, het gevoel dat hij het dichtst bij leven had sinds zijn verandering.

Hij trok haar dichterbij en schoof haar lichaam op, veegde het straaltje bloed tussen haar borsten af voordat hij verder ging naar haar mond.

Hij drukte zijn mond even stevig tegen haar aan voordat hij de kus verzachtte.

Pas op dat je zijn pik achterlaat waar hij was.

Hun eerste volledige dekking liet hem nog steeds verlangen naar meer.

Voorlopig was hij tevreden haar te strelen en zich in haar armen te stikken.

Na meer dan vijf en een halve eeuw in de slaap van de ondoden te hebben geslapen, merkte hij dat hij merkwaardig genoeg op een andere manier doorbracht.

Kristina omhelsde hem steviger en omhelsde zichzelf zo veel als ze kon voor zijn lieve leven.

Hoewel ze net zo moe en uitgeput was, kreeg ze energie van haar koppeling met Vladimir.

Net voordat ze in slaap viel, was haar laatste gedachte dat haar vampier de moeite waard was om zich aan te onderwerpen.

TWEEDE DEEL
KRISTINA

23

HOOFDSTUK V.

Ik schrok wakker.

Het zonlicht dat door het raam viel, verwarmde mijn lichaam.

Met gesloten ogen strekte ik me uit.

Ik voelde me alsof onbekende spieren uit protest schreeuwden.

Terwijl ik me afvroeg over deze mysterieuze pijntjes en kwalen, opende ik mijn ogen voor een vreemde omgeving.

De adem die uit mijn keel siste, deed mijn gevoel van welzijn onmiddellijk verdampen.

Ik maakte zonder aarzelen het kruisteken, stond op en knielde neer om tot God te bidden.

Wat is er nog meer tegen mij opgedrongen? Zei ik zwijgend tegen mezelf.

Heeft het niet genoeg op mijn hoofd geregend?

Ik heb geen antwoord gekregen.

Terwijl ik door het beddengoed rommelde, schoof ik het opzij om mijn bezittingen te zoeken en deze vreemde plek te verlaten.

Ontsnappen was voor mij de hoogste prioriteit.

Door mijn snelle bewegingen word ik een beetje duizelig.

Ik pakte de bedstijl om mezelf te stabiliseren.

Toen ik naar beneden keek, viel het me op dat ze gekleed was in een heel mooi wit stoffen nachthemd, iets dat niet mijn eigendom was.

Mijn angsten namen met elk voorbijgaand moment toe.

Mijn lichaam begon als een gek te schudden bij de gedachte aan hoe ik hier terechtgekomen was.

Ik vergat mijn doel om mijn eigen kleren te vinden en rende naar de deur, struikelend toen ik over de zoom struikelde.

Terwijl ik zwaar tegen de deur viel, krabde ik aan de deurknop, instinctief wetende dat ik van binnen opgesloten zat.

Boze en bange tranen vielen toen ik de gevolgen van mijn opsluiting onder ogen zag.

Ik draaide me om om het raam te bestuderen en besefte dat daar geen ontsnapping mogelijk was, maar ik kwam dichterbij om het zelf te zien.

Neerslachtig ging ik op mijn knieën zitten terwijl ik minstens zes meter lager naar de grond staarde.

Ik bleef zo onsamenhangend en ontroostbaar totdat ik me realiseerde dat mijn arm en vingers me verbrandden door de intensiteit van die brandende zon.

Toen ik naar beneden keek en de rode huid opmerkte, haastte ik me weg van het raam, herinneringen aan de nacht voordat ik terugstroomde.

Met afgrijzen beleefde ik alles opnieuw.

HOOFDSTUK VI

Vladimir sliep in een veilige omgeving terwijl zijn lichaam jonger werd.

Hij had Kristina, gebruikmakend van de duisternis van de nacht, meegenomen naar zijn kasteel.

Toen ze haar oppervlakkige ademhaling zag terwijl ze zich onbewust tegen hem aan nestelde, kreeg hij een nieuw besluit om haar voor altijd bij zich te houden.

Hij had haar in de mooiste nachtjapon gewikkeld en haar voorhoofd gekust.

Tevreden over het goede dat hij de afgelopen middag voor ons beiden had gedaan.

Toen hij haar eenmaal in haar nieuwe huis had gevestigd, ging ze zichzelf opsluiten tot de volgende zonsondergang.

Rusten was absoluut noodzakelijk aangezien de eerste zonnestralen zich door de lucht verspreidden.

Zijn laatste gedachte voordat hij aan de zoete droom bezweek, was dat hij een heel heet katje had gekregen!

* * *

Kristina wreef nutteloos in haar ogen alsof ze de herinneringen wilde wissen.

Dit alles versterkte alleen maar de verblindende hoofdpijn die ik had.

Onzeker over mijn volgende zet, zat ik opgerold tot een strakke bal en maakte mezelf zo klein mogelijk.

Het verdriet stond op mijn gezicht.

Ik verlangde klagelijk naar de terugkeer van mijn oude leven voordat het allemaal naar de hel ging.

Ik fronste mijn wenkbrauwen in concentratie, wetende dat er iets of iemand was die ik was vergeten.

Ik vocht onophoudelijk en bleef onwetend.

Wat het ook is, het komt terug.

Ik moest blijven hopen.

HOOFDSTUK VII

Verbaasd dat mijn gedachten tot nu toe waren afgedwaald, was ik verrast om te zien dat er zich buiten duisternis vormde.

Ik zat de hele dag.

Ongelooflijk samengeperst in mijn gebogen houding, stond ik onhandig op en zag voor het eerst de kom met water in de hoek van de kamer.

Ik kroop naar binnen met de bedoeling om een deel van de resterende plakkerigheid te verwijderen.

De plakkerigheid die ik kende, was dat maagdelijk bloed op mijn dijen werd gemorst.

Plotseling woedend over wat ik had verloren, waste ik me woedend zoals elke hatelijke zou hebben gedaan door tevergeefs zijn handen te wringen.

Toen ik zijn aanwezigheid voelde, verontwaardigd over mijn gevangenschap en kwetsbaarheid, draaide ik me om en keek hem aan.

Ik liet een hart los dat ophield met huilen en sprong naar hem toe, nagels gekruld om zijn gezicht te harken.

Al mijn woede concentreerde zich op zijn arrogantie en verwaandheid.

Vladimir pakte gemakkelijk mijn hand en trok hem achter mijn rug omhoog, waardoor hij dichter naar hem toe trok.

Ik tilde mijn borst op en keek hem woedend aan, denkend om in zijn gezicht te spugen.

Toen dacht ik er beter over na, kijkend naar de granieten uitdrukking ervan.

Ik probeerde hem woest aan te staren, arrogantie was duidelijk zichtbaar in elke lijn van mijn lichaam.

*　*　*

Vladimir lachte!

Ze waardeerde haar geest en dacht dat ze mooi was in haar woede.

Wetende dat ze liever bij de minste gelegenheid zijn ogen zou uitsteken, wist hij dat hij onmiddellijk een einde moest maken aan deze onvermoeibare en vergeefse poging.

Met de bedoeling haar naar believen te decanteren, boog hij zich voorover, waardoor Kristina haar lichaam achterover leunde.

Een kleine hoge schreeuw kwam over haar lippen.

Hij worstelde tevergeefs, kreunend, woede lekte uit zijn lichaam omdat hij vastbesloten was haar te domineren.

Tevreden dat ze zijn macht en hulpeloosheid besefte, bracht dit hem weer overeind.

Zichzelf onthullend, liet hij zijn tanden in zijn borst zakken, terwijl zijn kruisbeeld wild slingerde met zijn schokkerige bewegingen.

Ze kalmeerde snel en liet hem zijn buikje vol drinken.

Met een hebzuchtige glinstering in zijn ogen leunde hij haar tegen het bed en plaatste haar zo dat haar buik tegen de onderste plank lag, waardoor haar kont aan hem bloot kwam te liggen.

Zonder ceremonie tilde hij de nachtjapon van haar lichaam en liet hij zijn harde pik in haar glijden.

Vanwege haar brutaliteit neukte hij haar hard, het kon hem niet schelen of ze klaar was om hem te ontvangen.

*　*　*

Kristina, van haar kant, merkte dat ze met tegenzin reageerde op zijn stoten.

Ik merk hoe het zich klaarmaakte door het sap dat uit mijn poesje druppelde.

De vorige aanval had me opgewonden, de dunne lijn tussen woede en hartstocht kruiste moeiteloos door mijn hoofd.

Met mijn arm nog steeds achter mijn rug gebogen en mijn lichaam naar voren gebogen, kon ik weinig doen.

Het zat op de ballen van mijn voeten om Vladimirs pik te passen.

De fysieke spanning heeft onze koppeling alleen maar vergroot.

Ik omhulde hem in mijn vochtige hitte en droeg hem volledig naar binnen.

Elke impuls bracht me dichter bij dat etherische gevoel van de avond ervoor.

Dit herinnerde ik me duidelijk, de rest van mijn leven voor hem nog steeds gehuld in mysterie.

Ik voelde mezelf ineenkrimpen dankzij al zijn kloppende lul, een zucht van plezier ontsnapte aan mijn lippen.

Het kon me niet meer schelen wat hij eerder had gedaan, hij was al enthousiast.

* * *

Vladimir voelde dat Kristina hem verwelkomde en boog zich nog een keer voorover om een enkele hoektand in de zijkant van haar nek te laten zakken terwijl hij weer tegen haar kont sloeg.

De tevredenheid straalde van binnen uit.

Omdat hij haar porseleinen huid niet wilde beschadigen, legde hij zijn tong over de plek waar hij het doordringende merkteken in haar nek had achtergelaten, en verzegelde het opnieuw.

Hij likte het bloed van zijn slagtand en liet haar arm los.

Toen liep hij weg om haar de luxe van staan te gunnen.

HOOFDSTUK VIII

Kristina merkte dat ze het gebaar waardeerde en onbewust haar schouders ophaalde.

Ik draaide mijn hoofd om en streek met het puntje van mijn tong over mijn lippen.

Ik was verrast om te ontdekken dat ik honger had naar meer.

Ik draaide me om en viel Vladimir aan, niet in woede, maar met brandende hartstocht.

Verrast vielen we op de grond.

Ik lachte verrukt om de verrassing op zijn gezicht en krulde mijn lippen in een boze glimlach.

Hij was vatbaar voor dingen die ik alleen had laten voelen, ervaren en vergeten.

Denkend aan zijn pik in mijn mond, bewoog ik zijn lichaam omhoog naar waar hij lag te beven.

Ik knielde tussen haar knieën, mijn gezicht rustend in mijn handen, staarde haar een tijdje aan.

De zijdezachtheid van haar zwarte haar kwam weer naar boven bij mijn aanraking.

Ik spreidde mijn vingers door hem heen en zag interessante dingen gebeuren met zijn pik.

Er verschijnt speeksel in mijn mondhoeken.

Ik hongerde naar zijn smaak en geur.

Ongeduld ging door zijn lichaam vanwege mijn vermeende traagheid.

Ik liet mijn ogen de zijne ontmoeten en toen ik zijn blik eenmaal op de mijne richtte, bewoog ik mijn mond over zijn pik.

Betoverd, gevangen in zijn donkere ogen, ogen gevuld met ongebreidelde ijver.

IJskoud botste onmiddellijk met warme hitte.

We keken geen van beiden de andere kant op en vierden met het overeenkomstige verlangen dat ons omhulde.

Mijn hete, natte mond ving hem op, omhulde hem.

Ik begon te zuigen alsof mijn leven ervan afhing.

Mijn slagen verdiepen, mijn tong en lippen liepen wild terwijl zijn pik nog groter werd.

Mijn tepels rimpelden terwijl ze de zijkanten van haar dijen en het tapijt onder onze hangende lichamen streelden.

Ik duwde hem verder met mijn blik en mijn mond, ik wilde zijn wereld door elkaar schudden en zijn superioriteit opzij zetten.

* * *

Vladimir las nauwkeurig alle emoties die in Kristina's ogen werden weerspiegeld.

Als ze dacht dat hij door haar voor de gek zou worden gehouden, had ze het helaas mis.

Door haar haar kleine rebellie te laten hebben, was hij echt de overwinnaar terwijl hij haar hoofd op en neer zag bewegen op zijn volledig gezwollen pik.

Haar zwarte haar viel vrij over haar dijen, zweet op haar bovenlip van haar inspanningen.

Vladimir triomfantelijk tot uw dienst.

En ze leerde snel.

"Ze verandert in een goede klootzak, een extra bonus op mijn triomf," mijmerde hij.

Hij moedigde haar nog meer aan door haar heupen naar zijn gretige mond te tillen.

Wild schudt zijn tongbewegingen.

Vladimir voelde de laatste golf naderen, net als Kristina.

'Aaaahhhhhhhhhhhhhhhhh!'

Zijn schreeuw galmde door de slaapkamer.

Verdomme, dat was fantastisch!

Grote hoeveelheden sperma stroomden van zijn pik in zijn wachtende mond.

Kristina legde het allemaal vast en bleef eraan zuigen.

Hij zoog de laatste streng sperma naar binnen en ademde luid uit.

Toen Kristina eenmaal wist dat hij klaar was met het vullen van haar, legde ze haar wang tegen zijn dij en likte ze de laatste druppels sperma van haar lippen.

HOOFDSTUK IX

Kristina, kom hier!

De stem was commandant.

Ik had tegen zijn dijbeen geslapen en mijn lichaam reageerde onmiddellijk op de dwingende toon.

Wrokkig dat hij zo tegen me sprak na wat we deelden, bleef ik waar ik was.

Hij leerde deze les in gehoorzaamheid niet gemakkelijk.

Vladimir zuchtte om mijn verlegenheid en rolde op zijn zij.

Ze stond gracieus op en liep naar de kast aan de andere kant van de kamer.

Terwijl ik de gesloten deuren open, kijk ik naar wat daar was opgeslagen.

Ik veinsde onverschilligheid en sloot mijn ogen.

Op mijn rug strekte ik mijn lichaam loom uit tegen het dikke tapijt.

Hij moet hebben gevonden wat hij zocht, want hij stond weer aan mijn zijde.

Plop! Plop! Plop!

Verbaasd draaide ik me om, of liever probeerde ik het, mijn handen vlogen naar mijn blote borsten.

Vladimir had schrijlings op mijn dijen gezeten en toen ik opkeek, zag ik de zweep met lange steel die hij droeg.

Hij stond op het punt weer aan te vallen en fronste zijn wenkbrauwen van intensiteit en ongeduld.

Ik had hem boos gemaakt met mijn voortdurende tegenstand.

Hij wachtte op de volgende strafhit, want het was in feite een straf.

Met angst die die voldoening verving, verdween mijn glimlach.

Mijn ogen werden groot bij het zien van zijn bollen die zich verloren en hulpeloos voelden, zonder duidelijke ontsnapping.

Met mijn snelle ademhaling en haar kalmte werd ik gek!

Hij danste willekeurig met de zweep en tikte er lichtjes mee op mijn huid, niet hard, maar met genoeg kracht om mijn onbeschaamdheid zijn wil op te leggen.

Ik moest snel nederigheid en onderwerping leren, anders zou ik het niet overleven als de zweep me opnieuw strafte.

* * *

Vladimir was in een slecht humeur; zijn schokken vertrokken zijn knappe gelaatstrekken.

Ondanks zijn natuurlijke neigingen was hij niet gewelddadig.

Hij gaf er de voorkeur aan haar te boeien met zijn gedrag en charme, maar als laatste redmiddel zou hij dit doen, hij zou dit fysieke vertoon van zijn krachten laten zien.

Tot zijn ergernis had hij spijt van het punt dat ze hadden bereikt.

Hij wilde echter geen merktekens op haar huid aanbrengen en hij was niet van plan haar geest volledig te breken, hij wilde alleen dat ze meer aandacht zou besteden aan zijn behoeften.

Vampiers hadden ze ook.

Hij bedekte haar hele lichaam herhaaldelijk met die strelingen.

Hij hanteerde de zweep, waarmee hij lang had geoefend, totdat hij hem uiteindelijk op de achterkant van zijn voeten legde.

Zijn geduld herbevestigde zich opnieuw vóór zijn conformiteit en zijn zachtmoedigheid bij het aanvaarden van zijn suprematie.

Kristina was op meerdere manieren een match voor hem, maar niet als het ging om zijn autoriteit, zonder twijfel al het andere te boven gaan.

* * *

Kristina zuchtte toen ze eindelijk de zweep liet vallen.

Misschien zou mij aan hem onderwerpen mijn boetedoening en mijn redding zijn.

Vladimir stak een hand uit om me op te tillen.

Ik was er dankbaar voor.

Toen ik opstond, verwarde ik mijn handen in de lokken haar op zijn borst.

Hij trok speels mijn krullen naar beneden, stak een vinger in en rekte ze vervolgens uit.

Ik legde mijn handen op zijn schouders en spreidde mijn benen om mezelf te stabiliseren.

Ik ving mijn blik weer met de zijne, ik voelde zijn kracht, mijn ademhaling versnelde.

Zijn vingers glijden terwijl mijn sappen nu snel bewegen.

Hij bracht ze snel naar onze respectievelijke monden en we zoogden ze.

Mijn ogen werden groot toen ik mezelf testte, ook de zijne.

Toen kwam het terug om het proces te herhalen.

De sappen stroomden langs mijn dijen, dus ik kronkelde tegen die vingers en wilde nog meer.

Trillingen gleden uit mijn buik.

Mijn poesje bonkte en smachtte tegen zijn magische vingers.

Ik stopte mijn vingers in zijn haar en bracht zijn mond naar de mijne.

Terwijl ik ervan genoot, stak ik mijn tong erin om de zijne te bestrijden en na te bootsen wat er elders gebeurde.

God, het was geweldig.

Ik gromde in zijn mond terwijl ik glorieus naar die nieuwsgierige vingers reikte.

Ik verbrak de kus en draaide mijn gezicht naar zijn borst om te genieten van de aanhoudende effecten van mijn orgasme.

HOOFDSTUK X

Toen Kristina hersteld was, verplaatste hij haar naar bed.

Ze vielen op het uitgestrooide beddengoed en begonnen iets te doen wat ze tot nu toe niet echt hadden gedaan.

Langzaam onderzochten ze elkaars lichamen.

Handen en lippen op zoek naar onontdekte schatten en relatief intacte delen.

Vladimir rolde Kristina op haar buik en liet haar handen vrij.

Hij kneedde en vormde de tere spieren van haar rug en kuste haar langs haar ruggengraat tot aan haar voetzolen.

Hij kietelde haar met zijn tong en liet haar glimlachen.

***

Nadenkend draaide ik me op mijn rug om, gebaarde met mijn handen en trok Vladimir naar me toe.

Ik sloot mijn armen om hem heen en verwonderde me over de kracht van de spanning door zijn hele lichaam.

Ik sloeg mijn benen om zijn middel en rustte daar.

Ik nam zijn gezicht in mijn handen en ik kneep zijn lippen samen met de mijne, smeltend in de kus.

Verrukt over zijn schattigheid ging ik verder.

Zijn huid raakte de mijne.

Ik ging tegen haar in staan en verlangde naar het contact.

Tevredenheid stroomde door mijn aderen.

***

Vladimir was bereid te volgen waar ze deze keer heen leidde.

Zijn pik bewoog zich tegen de aanhoudende nattigheid van haar kutje op zoek naar de verborgen ingang.

Hij streek met zijn duim tegen haar klit waardoor er een kleine uitroep van haar gescheiden lippen viel.

Toen hij haar onuitgesproken signaal luid en duidelijk ontving, ontspande hij zich in haar warmte.

Langzame, lange slagen en zelfs in begeleiding met de duim.

Ze bewoog haar heupen en trok hem dichter naar zich toe.

De liefde die toen plaatsvond was lief en oprecht.

* * *

Kristina oefende haar spieren tegen zijn harde pik te knijpen.

Pulserend hielden mijn enkels hem vast in mijn hitte.

Instinctief stak ik mijn hand uit om aan zijn borst te knabbelen.

Het kleine lid vormde zich nu tussen mijn speelse tepels.

Ik likte zijn lichaam en schudde mijn heupen.

Pure vreugde verspreidde zich door mijn lichaam bij de reacties van Vladimir.

Genieten van de impact die we op elkaar hebben.

Zonder na te denken, zonder tijd of realiteit, geven we onszelf aan elkaar.

'Mijn heer Vladimir, ik zal voor altijd bij u blijven.'

'Kristina, uit vrije wil accepteer ik je aanbod.'

We sloten onze deal voor de rest van de nacht.

DERDE DEEL
ANĐELKO

39

HOOFDSTUK XI

Opnieuw was Kristina alleen toen ze wakker werd.

Het was echter met de volledige kennis van hen beiden dat ze de avond ervoor volledig verzadigd waren.

Een kleine glimlach verscheen om zijn lippen toen hij zich wellustig uitstrekte en de dag verwelkomde.

Zijn lichaam deed pijn, maar het was met een gevoel van welzijn.

Plots realiseerde ze zich waardoor ze uit de weelderige dromen die ze had meegemaakt, tevoorschijn was gekomen.

Zware kloppen op de voordeur.

Plop! Plop! Plop!

En een stem schreeuwde geagiteerd en verhief van woede.

Nadenkend trok ze de mantel aan die Vladimir haar had nagelaten, en haastte zich naar het raam.

Stankov!

Wat deed Andrej's broer hier?

Gefrustreerd sloeg hij nogmaals met zijn vuist naar de deur en draaide zich met een ruk om voor het portaal.

"Stankov!" Ze schreeuwde als reactie op haar verdriet.

Hij wierp zijn woedende blik weer op haar gezicht.

'Wat doe je hier? Ik dacht dat niemand me zou missen of me zou komen halen.'

"Kristina! Gaat het?" Zijn stem was schor, krachtig en opgelucht. 'Ik ben gekomen om je terug te brengen naar waar je thuishoort. Goran zag die demon je naar beneden slepen en we hebben je de afgelopen twee dagen gevolgd. Kom, Kristina, de dag breidt zich uit en we moeten snel weg zijn.'

Zijn urgentie vertaalde zich in haar, maar ze wist dat het niet zo kon zijn.

Vladimir zou hem samen met alle andere dorpelingen doodslaan.

'Je moet stoppen, Stankov. Nu behoor ik tot Vladimir.' Hij wrong zijn handen terwijl hij dit zei en hoopte dat de vrees die hij voelde niet met Stankov communiceerde. 'Ik kan niet met je meegaan. Ik heb me aan hem onderworpen en mijn lot aanvaard.'

'Dat kun je niet zeggen Kristina! Als je van Andrej hield, zou je dit niet zeggen.' Hij sloeg snel een kruis. 'Je brengt jezelf en de herinnering aan mijn broer in verlegenheid. Ga je nu naar buiten of ga ik naar binnen?'

Ze begon in paniek te raken.

Stankov was koppig en kon gewelddadig zijn.

Hij had zijn vriendelijke Andrej gekweld toen hij opgroeide, haar dromen bespot en haar bespot als zijn keuze.

Stankov had lang geleden besloten dat hij haar zou hebben en toen ze zijn avances afwees, werd hij woedend.

Stankov had zelfs geprobeerd haar te compromitteren door haar te misbruiken.

Su Andrej, die wist dat de waarheid haar kant had gekozen, verdedigde haar.

Dit had ertoe geleid dat ze uit het dorp was gemarginaliseerd.

Oh, hij haatte Stankov hevig.

Hij was de bron van veel van haar verdriet.

Stankov had Andrej ertoe aangezet zich bij het leger van de keizer te voegen.

Zijn ogen brandden van minachting.

Hij zou het egoïstisch gebruiken en het aan zijn vrienden overhandigen.

Ze dankte God nu Vladimir haar had gevonden.

Wat hadden de gebeurtenissen een vreemde wending genomen.

Er vormde zich transpiratie op zijn bovenlip.

Hij moest verstandig nadenken en zijn woorden kiezen.

'Stankov, ik heb een nieuw huis gevonden en wil in vrede wonen. Je kunt al mijn bezittingen hebben, ga gewoon en laat me met rust. Mijn beslissing is genomen.'

Ze probeerde hem te kalmeren en haar stem krulde in haar smeekbede.

Stankov was hebzuchtig; hij zou door kunnen gaan voor het idee.

Hij haatte het om zo laf te zijn, maar zijn mogelijkheden waren zeer beperkt.

Hij gromde:

'Dit is nog niet voorbij, Kristina. Ik kom terug om je te halen! Je hebt alleen het onvermijdelijke uitgesteld.' Zijn stem was vervuld van sadistische vreugde. 'En ik zal je laten betalen voor het feit dat je nu niet weggaat.'

Hij draaide zich om en riep naar Goran.

Hij strompelde naar de paarden.

Oaf! Zij dacht.

Hij was lang, maar met opgetrokken schouders en vezelig, vet haar.

Zijn adem was beledigend en zijn tanden werden zwart.

Zijn onverzorgde uiterlijk deed echter geen afbreuk aan de kracht in zijn lichaam.

Zijn borst en armen golfden van de spieren en zijn dijen waren krachtig gebouwd.

Zijn pas werd langer, hij wierp nog een laatste blik op waar ze geworteld was.

Hij was het tegenovergestelde van Andrej, zuchtte ze.

Waar Stankov helemaal bruut was, was Andrej poëzie en schoonheid geweest.

Oh echt, wat heb ik hem gemist.

Ze slaakte een zucht van verlichting toen ze vertrokken, maar nu bleef ze achter met haar herinneringen aan Andrej.

Ze huilde zachtjes, terwijl de tranen over haar wangen liepen terwijl ze zich ontlastte.

Het gelach en de vreugde die ze samen hadden gedeeld.
De zachtheid van zijn kussen, zo lief en liefdevol.
Pijn vulde zijn ziel opnieuw bij zijn verlies.

HOOFDSTUK XII

Vladimir verroerde en kreunde in zijn slaap.

Hij voelde dat de dingen niet in orde waren en dat maakte hem erg boos.

Zijn geest zocht naar Kristina's verblijfplaats, blij dat ze in zijn kamer was.

Hij fronste bij haar tranen en was gefrustreerd dat het te vroeg was om naar haar toe te gaan.

Hij probeerde verbinding te maken met zijn geest om naar zijn antwoorden te zoeken, maar hij vond het voor hem gesloten.

Dit mag niet worden gewijzigd.

Hij dacht na.

Vastberaden als ze is, moet ze ook deze vorm van communicatie leren.

Wetende dat hij op dit moment niets kon doen, besloot hij zijn krachten te sparen en tot op de bodem uit te zoeken toen hij aan de oppervlakte kwam.

***

Kristina voelde een kwast van iets op het puntje van haar hoofd glijden.

Even afgeleid probeerde ze de oorzaak van haar ongemak te vinden.

Futility ontmoette zijn inspanningen.

Zuchtend veegde ze de tranen uit haar ogen en wendde zich van het raam af.

De kamer was een puinhoop van zijn capriolen de avond ervoor.

Hierdoor voelde ze zich eigenlijk beter, omdat ze zich herinnerde dat ze gisteravond bemind was.

Ze besloot dat het tijd was om haar nieuwe thuis te verkennen.

Instinctief en wetende dat hij de ontgrendelde deur zou vinden, opende hij deze in een sierlijke gang.

Oh! Ze haalde diep adem.

Grootheid omringde haar aan alle kanten.

Het lijstwerk dat de muren van het plafond scheidde, was uit licht hout gesneden.

De gang was schaars ingericht met prachtige bustes, beelden en tapijten en strekte zich uit over de lengte van het huis met periodiek afgewisselde deuren.

Zijn natuurlijke nieuwsgierigheid kwam op en hij begon met gemak op onderzoek uit te gaan.

Hij tuurde de kamers in en vond eindelijk de kamer van Vladimir.

Zeggen dat het een man was, zou een understatement zijn.

Zijn prachtige bed had een prachtig uitgesneden hoofdeinde en een plint.

Zijn kast herhaalde dezelfde donkere aanraking die hij droeg.

Aan elke paal waren kettingen en manchetten bevestigd.

Aarzelend liep hij naar hen toe en streek er met zijn vinger over.

De armband is gemaakt van het fijnste gesneden leer ter wereld, de binnenkant is bekleed met het zachtste wolvenbont.

Ze huiverde bij de implicaties hiervan.

Maar ze was niet langer bang voor haar duistere minnaar.

Ze naderde de zijkant van het bed, bracht een knie naar de sprei en baande zich een weg over de uitgestrekte ruimte om te genieten van het satijnen gevoel.

Hij voelde zich decadent, strekte zich uit en genoot van de kou die daar inherent was.

Ze glimlachte in extase en sloot haar ogen, terwijl ze zich zijn handen op haar lichaam voorstelde en zich weer aan zijn wil onderwierp.

Ondanks haar recente verlies had ze het gevoel dat ze hier al thuishoorde en vond ze het vreselijk om het te verlaten.

Opgekruld op haar zij gleed ze in een lichte slaap.

* * *

Toen hij enkele uren later wakker werd, met zijn losse haar om zijn lichaam gewikkeld, begon hij het te verkennen, op zoek naar de plaatsen die Vladimir het leukst vond.

Zijn hand bleef op haar borst hangen, haar tepel vertrok een minuut lang en herinnerde zich het gevoel van zijn lippen en hoektand daar.

Ze sloop op haar tenen naar haar buik en veegde daar met een hand, nog steeds lager, verloren in de aantrekkingskracht van herinnerde liefkozingen.

Ten slotte reikte zijn hand naar haar onderste krullen, die al enigszins vochtig waren van haar inspanningen.

Ze liet een vinger over haar plooien glijden en stak verrukt haar vinger naar binnen met haar groeiende opwinding.

Hij sloot zijn ogen, speelde hier en daar en stelde zich open voor de ervaring, iets wat hij nog nooit eerder had gedaan.

HOOFDSTUK XIII

Vladimir, eindelijk wakker, enthousiast over de gevoelens die Kristina ontdekte, was blij haar in zijn kamer te vinden.

Zijn lichaam trilde toen hij zich zo nauw met haar identificeerde, nadat hij haar had geproefd, zou hij deze verbinding nooit verliezen.

Ondanks zijn onverzadigbare honger besloot hij een tijdje met haar te gaan spelen.

Hij zou elke avond wachten tot ze in slaap viel om te gaan jagen.

Zijn geest hunkerde naar haar intelligentie en haar humor, toen ze het hem liet zien.

Zijn lichaam verlangde naar het hare, zo gretig om alles te weten te komen wat ze te bieden had, en uiteindelijk, terwijl hij ernaar verlangde haar te transformeren, wist hij dat hij dat niet zou doen.

Tenminste nog niet.

Hij genoot van zijn warmte en zijn menselijkheid, die hij geen van beiden wilde verliezen.

Hij stond op en haastte zich naar zijn slaapkamer, gretig om nog een keer van zijn jonge vlees te genieten.

Toen hij de deur opendeed, bleef hij even staan en zag hoe ze zichzelf uitliet.

Zijn ademhaling nam toe met elk van zijn slagen.

Kristina keek strak naar de zijne en haar durf nam toe.

Ze spreidde haar benen verder, wat een nadere inspectie uitnodigde, boog zich bochtig uit het bed en keek naar hem op.

Ah, dacht ze, ze speelt vanavond de trut en de verleidster.

Hij strekte langzaam zijn tong uit en likte verwachtingsvol zijn lippen.

***

Ze wist niet goed hoe ze verder moest, maar Vladimir leek het niet erg te vinden.

Ze liep langzaam en gracieus naar de rand van het bed en begon haar kleren uit te trekken en ze keurig op te stapelen op de bank die naast het bed stond.

Haar lichaam in de zachte gloed van kaarslicht, die zichzelf openbaart aan haar verwijde ogen.

Haar polsslag bonkte onder aan haar keel, haar borst ging omhoog en omlaag met verharde tepels, haar strakke buik trok even haar ogen aan.

Ze had nooit de kans gehad om haar lichaam ten volle te waarderen, maar nu nam ze de tijd om te genieten van wat hij had voortgebracht, en ze bleef met zichzelf spelen terwijl ze dat deed.

Zijn krachtige dijen en gespierde kuiten moedigden haar alleen maar meer aan, vooral omdat hij zag hoe groot zijn penis was, volledig gestrekt.

Hij stond op om tegen haar onderbuik te gaan liggen.

Haar Vladimir stond trots en onbeschaamd voor haar en moedigde haar aan om hem volledig te zien.

Hij draaide zich langzaam om om haar zijn rug te laten zien.

De spieren die door zijn lichaam rimpelden bij zijn uitademing.

Haar vingers jeukten om zijn rug te strelen, haar nagels daar te harken, hem onder haar handen te kneden.

Zijn stevige, ronde, harde billen waren adembenemend.

Hij keek haar weer aan, liet zich op een knie op het bed vallen en deed een stap naar voren op zijn trillende lichaam.

Een van zijn vingers bedekte de hare, de vinger die tegen haar gevoelige lippen bewoog, en hij bewoog met haar mee.

Ik kon zien dat hij genoot van de speekselvlek die nu op zijn vinger terechtkwam.

Met een blik stak hij zijn vinger op om te genieten van wat hij daar had neergelegd.

Er werden geen woorden gesproken, er waren geen woorden nodig.

Plots hoorden ze een lichte commotie naderen.

Fronsend, zijn gezicht snel woedend door deze onderbreking, liep Vladimir naar het raam en deed het gordijn open om te turen.

Hij wendde zich tot haar, een vreselijk masker dat haar een beetje bang maakte vanwege de intensiteit ervan.

'Dorpelingen! Ze dragen fakkels en kruisen! Wat weet je hiervan, Kristina? Vertel me snel waarom er geen bloed zal zijn als ze hiermee doorgaan!'

Gif kwam letterlijk uit zijn mond terwijl hij spuugde terwijl hij sprak.

"Mijn heer." Ze beefde en vertelde hem snel over Stankov en Gorans ochtendbezoek.

'Bah! Ik zal deze opstand afhandelen! Je moet blijven waar je bent, hoor je me?' Hij donderde het bijna naar haar.

Ze knikte gedwee zijn bevel.

Hij kleedde zich een beetje gehaast aan en ging weg, de deur van buitenaf dicht.

Toen dit gebeurde, rende hij naar het raam.

Zijn ademhaling stopte bijna terwijl hij op de confrontatie wachtte.

Die dwaas, Stankov, leidde de snel naderende groep.

Vanuit zijn uitkijkpunt kon hij Vladimir zien vertrekken, met twee steppewolfhonden aan zijn zijde.

Vladimir bereidde zich dwingend voor op een veilige confrontatie.

Een paar leden van de aanvallende groep toonden aarzeling in hun stappen, maar Stankov deed een stap naar voren met een vastberaden blik op zijn gezicht.

'Waar heb ik het plezier van uw gezelschap aan te danken?' Vladimir elegantie in zijn stem.

Kristina had dat niet verwacht.

Hij wachtte werkeloos op de groep, hij leek nu onverschillig vergeleken met een paar minuten eerder in de slaapkamer.

Een hand rust op elk van de hondenhoofden.

'Ze beseffen dat het verdrag al bijna een eeuw van kracht is. Waarom zou je het nu verbreken?'

Zijn opgetrokken wenkbrauwen voegden diepte toe aan de betekenis van zijn woorden, zo aangenaam als hij toen sprak.

Kristina kon de nauwelijks onder controle gehouden woede onder zijn gedrag zien trillen.

Zijn geduld werd momenteel zwaar gestraft.

'Breng ons het meisje, jij! Onze afspraak was dat je je niet bemoeide met de zaken van het dorp. Je afschuwelijke gedrag heeft ons hier gebracht. Ik ga niet weg zonder het meisje.' Stankov spuugde op de grond.

"Wat een brutaliteit van een jonge puppy. Wees voorzichtig met je woorden en daden. Kristina is nu van mij. Ik geef niet om je aandacht. Het contract bevatte ook een code waarin stond dat als iemand zoals zij mij belde, ik recht zou hebben op Om de voortdurende welvaart van je dorp te verzekeren, zou ik er elke honderd jaar een claimen als de mijne. Het werd tijd. De oudsten van je dorp die het pact ondertekenden, hadden meer respect! Bah! Ga weg! Voordat je reden hebt spijt van krijgen!"

Kristina hield haar adem in en keek naar het tafereel dat zich voor haar ontvouwde.

Was het niets meer dan een item dat werd verhandeld?

Zijn aanvankelijke zorgen voor alle partijen vervaagden toen hij over dit idee nadacht.

Ze merkte dat ze het idee helemaal niet leuk vond.

Stom! Ze hekelde zichzelf. Ik zal niet als zodanig worden behandeld!

Hij keek om zich heen naar een manier om aan de beslotenheid van de kamer te ontsnappen, vastberadenheid bij elke stap.

Ze kleedde zich aan en trok willekeurig haar haren omhoog, naar beide kanten kijkend om de deur te openen.

***

Vladimir was een beetje geamuseerd door de gedachten die door zijn hoofd gingen.

Ik zou ze later behandelen.

Het directe probleem was het afhandelen van de muiterij, en ondanks het lage gegrom van Darija en Roko, bleef de kleine groep uitdagend voor hem staan.

Ze waren uitgerust met hooivorken, palen, kruisen en fakkels.

Vladimirs amusement vertienvoudigde.

Bah!

Hij stelde zich voor dat ze te veel oude legendes hadden gehoord die waardeloos waren.

Hij deed een stap naar voren en door de kracht van zijn persoonlijkheid zorgde hij ervoor dat ze zich collectief terugtrokken, behalve Stankov.

Pure wil deed hem zijn mannetje staan.

De man was zo dom als Vladimir dacht.

'Je maakt me niet bang! Ik wil wat van mij is! Wat ik mezelf beloofde! Andrej was zwak; hij wist niet hoe hij met een hete vrouw als Kristina moest omgaan! En dat zal ik doen!'

Stankov stampte met één laars op de grond en probeerde de brandende fakkel naar Vladimirs gezicht te brengen.

De honden sprongen de lucht in, sloegen Stankov neer en drukten hem op de grond.

Zijn knorrende tanden raakten nauwelijks het vlees van haar gezicht.

Zelfs op zijn rug keek Stankov Vladimir uitdagend aan.

"Je stelt mijn geduld op de proef! Ga allemaal! Nu! Voordat ik de honden uit de hel verlost! Voordat ik je vrouwen en kinderen tot mijn dienaren maak! Voordat ik je velden vervloek, Moge je braak liggen en je honger lijden! Ik ben almachtig en zal iedereen die zich tegen mijn wil verzet volledig vernietigen! "

Vladimirs violette ogen leken rood te gloeien en hij was bleker dan voorheen.

Hij ontblootte zijn hoektanden en glimlachte boosaardig naar ze.

Hij zette zijn woorden kracht bij zonder enige inspanning te vergen en liet Stankov van de grond opstaan en in ongeloof zweven.

De dorpelingen lieten hun werktuigen vallen en renden zo snel als hun benen ze konden dragen, om nooit meer terug te keren naar het landhuis.

Stankov beefde hevig en zocht verlichting van de pijn die door zijn lichaam trok, alsof het bedekt was met vuur en mieren die zijn vlees kwelden.

Hij huiverde en beefde met een stem vol pijn die het schepsel voor hem smeekte:

"Ik ga! Ik ga! Laat me gaan, ik zal je niet meer lastig vallen!"

"Je hebt mijn woede op de hals gehaald, boer! Je hebt geen keuzevrijheid meer. Ik vind geen medelijden met jou of je situatie! Je bedoelingen jegens Kristina zullen niet ongestraft blijven. Als zodanig ben je veroordeeld om vanaf dit punt over de aarde te lopen. . moment als een ondode. Zonder krachten. Je zult kwetsbaar zijn voor alles wat je overkomt. Je zult jezelf verdedigen en niemand zal je helpen. Ik herhaal, niemand zal je kunnen redden! '

Daarmee beet Vladimir in zijn nek, hem leegzuigend tot de dood, waardoor hij in de balans tussen leven en dood bleef hangen.

Hij liet Stankov op de grond vallen en keek toe hoe Darija en Roko hem met hun tanden uit het zicht sleepten.

Hij liet het merkteken en de geur van zijn afkeer achter in de lucht rondom Stankov.

Hij wist dat zijn mede-vampiers iemand als hij alleen zouden achterlaten om te verdoemen.

Niemand zou aanbieden om zijn waardeloze huid te redden.

Met een tevreden glimlach om zijn lippen, draaide Vladimir zich om om met Kristina en haar brandende woede om te gaan.

HOOFDSTUK XIV

Anđelko, Vladimirs geliefde dienaar, hoorde Kristina's kreten van frustratie.

Hij haastte zich naar de deur en hoorde haar tekeer en tekeer toen hij probeerde het slot te ontgrendelen.

Maar hij aarzelde, onzeker over de oorzaak van zijn woede.

'Mevrouw Kristina? Ik ben Anđelko, de bediende van Vladimir. Kan ik u ergens mee helpen?'

"Laat me eruit!" In een uitbarsting van hernieuwde woede sloeg hij tegen de deur.

"Ik begrijp niet wat er hier is gebeurd en zal niet de toorn van meester Vladimir verergeren." Hij zei eenvoudig. 'Ik ben er zeker van dat wanneer meester Vladimir de opstand voor zijn deur heeft afgehandeld, hij die weer zal zien.'

'Je laat me nu vrij, Anđelko! Ik ben geen stuk vlees voor honden om voor te vechten! Je meester heeft veel te verantwoorden!' Kristina bleef op de deur bonzen.

"Ah ... hier komt de meester!"

Anđelko was opgelucht, ondanks het feit dat de opeenhoping van nieuwe woede nog steeds op Vladimirs gezicht aanwezig was.

Hij maakte een zwijgende buiging en liep naar de keuken om een lichte maaltijd voor hen te bereiden.

Vladimir herkende Anđelko, legde een hand op haar schouder in kameraadschap en knipoogde naar haar.

Anđelko lachte zwijgend, wetende dat Kristina een uitbrander zou krijgen voor haar gedrag, of was het andersom?

Vladimir kwam de kamer binnen en stak onmiddellijk een hand op om de verschillende voorwerpen af te weren die Kristina naar hem gooide.

Haar lichaam vertrok van geamuseerdheid door zijn woede.

Wat vond hij het heerlijk om haar zo te zien.

Bijna als een Walkure gekleed voor de strijd.

Zijn haar draaide zonder remming om haar heen.

Haar houding werd geplant toen ze achteloos naar hem toe kwam om de voorwerpen naar hem te gooien.

Zijn borst schoot omhoog, bollen gluurden uit de bovenkant van zijn gewaad.

Zijn huid was rood en zijn ademhaling was moeizaam.

Vladimir nam het allemaal in één oogopslag op.

Het ene moment stond zijn rug naar de deur, het volgende moment had hij Kristina tegen zijn borst gedrukt.

'Aargh! Hoe heb je dat gedaan? Beest! Demonisch wezen! Je hebt tegen me gelogen! Over welk pact heb je gesproken? Ik wil meteen vertrekken! Je hebt niet het recht om me hier te houden!'

Ze wapperde van hartstocht en hernieuwde kracht en probeerde uit zijn armen te komen.

Haar eerste tedere gevoelens voor hem werden in haar woede vergeten.

Vladimir sloeg zijn ogen zelfs even naar de hemel, biddend om geduld.

Hij was niet vergeten hoe hij het moest doen, aangezien hij vóór zijn transformatie een vroom man was geweest.

En een test voor haar geduld was haar nu.

Hij schudde haar zachtjes en sloeg haar ogen op met de zijne.

'Je moet dit onmiddellijk opgeven, Kristina! Ik zal je alles vertellen, maar deze houding houdt nu op. Kalmeer nu en luister naar wat ik te zeggen heb.'

Kristina keek hem wantrouwend aan, haar borst nog steeds tegen Vladimir gedrukt.

Dit veroorzaakte een lagere samentrekking die hij voorlopig negeerde.

Hij pakte haar hand en leidde haar tot haar verbazing naar de deur.

Ze liepen door de gang naar de grote trap die Kristina niet eerder had kunnen verkennen, en toen de eetkamer in.

Vladimir hielp Kristina in een stoel en ging snel naar de hare.

Anđelko schonk hun stilletjes een koude maaltijd met wijn en trok zich terug aan de verre muur om verdere instructies af te wachten.

Kristina keek Anđelko scherp aan en voor het eerst schoot er een herinnering over haar gezicht.

Het zag er vaag bekend uit, maar hij kon het niet plaatsen.

Anđelko, van haar kant, bewoog zich ongemakkelijk bij de openhartigheid in zijn smaragdgroene blik.

Hij vroeg zich af of Vladimir bereid was om over alles te praten.

Hij wist niet zeker of hij de verandering zou waarderen die ze zou kunnen ervaren als ze wist wie hij werkelijk was.

* * *

Kristina keek naar hem en ze zag een lange man, maar iets kleiner dan Vladimir.

Anđelko had lichtblauwe ogen met marineblauwe irissen, lange wimpers, die je normaal niet bij een man aantreft, hoge en prominente jukbeenderen en een ietwat kromme neus omdat hij als jonge man gebroken was.

Haar lippen waren vol, met lachrimpels langs haar mondhoeken.

Ze had lang blond krullend haar dat langs haar nek viel toen het langs haar kleine rug viel.

Zijn onderarmen waren krachtig geconstrueerd van wat ze kon onderscheiden door ze onder zijn opgerolde mouwen te zien.

En het witte overhemd met open keel vloeide gracieus in zijn eenvoudige boerenbroek.

Zijn lichaam verried zijn rijke boerenverleden, maar hij was goed geproportioneerd.

"Kristina". Vladimir haalde diep adem om zijn aandacht van Anđelko te trekken. "Ik heb lang en goed geleefd, hoewel ik soms alleen ben. Bij het zoeken naar een manier om mijn dorst te lessen, voelden de dorpelingen dat hun aantal mensen afnam. In een poging om concordantie te bereiken, stemde ik ermee in om niet willekeurig te zijn in mijn omgang. met hen. en zij kwamen op hun beurt overeen om mij overdag te beschermen. Dus ik reisde verder om aan mijn behoeften te voldoen en die reizen leverden mijn geliefde Anđelko op en deelden het woord dat ik ongedeerd zou blijven. Dit is het pact waarop Die idioot Stankov. Het bevatte ook een clausule die zei dat als mijn behoefte aan gezelschap weer zou ontstaan, ik vrij was om zulk gezelschap onder de dorpelingen te zoeken als ik het zou beperken tot eens in de honderd jaar. Onze overeenkomst is gunstig voor iedereen. '

'Waarom wist je niets van dit pact? En waarom ik?'

'Ik wist niet dat de dorpelingen de inhoud geheim hielden. Omdat de familie Stankov naar een positie van autoriteit had verlangd en de opstellers van het pact waren, hadden ze die kunnen behouden om conflicten te voorkomen. mijn hart. Zo simpel was het. En het was naar mijn mening het moment van een vriendschap zoals die je me hebt gegeven. '

Kristina draaide dit langzaam om in haar hoofd.

"Heel goed, dat kan ik op het eerste gezicht accepteren. Je hebt me echt veel geholpen door me hierheen te brengen. Ik weet niet hoelang ik het alleen zou hebben overleefd. Andrej was mijn alles en door hem te verliezen ... Ik had niet langer de wil. Om door te gaan ".

Hij zuchtte diep en veegde de lokken van zijn haar van zijn gezicht.

Vladimirs hart sloeg een slag over bij het zien van haar, haar bewegingen en haar acceptatie.

Eenvoudige acceptatie.

Het versterkte dat hij een verstandige keuze had gemaakt en dat ze een vrouw was die naast hem stond.

Hij glimlachte een beetje voordat hij verderging.

'Anđelko maakte deel uit van mijn omgang met de dorpelingen. Hij bood zich echt aan als vrijwilliger en de reden dat hij je enigszins bekend voorkomt, is dat hij Andrej's betovergrootvader is. Hij besloot te vertrekken, koos ervoor om in dienst te treden in een poging om onenigheid te vermijden. . En vrees dat iemand anders het zou doen of dat er een loterij zou worden gehouden. Hij was een dappere man en ik koester hem met heel mijn hart. Hij had zijn vrouw jaren geleden verloren en zijn kinderen waren opgegroeid. Hij is van onschatbare waarde geweest metgezel voor mij en jij ook, je zou hem ook als een moeten behandelen. Ik wil niet hard tegen je zijn, maar op dit punt ben ik vastberaden. Kristina. Begrijp je me?

Kristina had opnieuw scherp ingeademd toen ze dit hoorde.

Hij bestudeerde Anđelko met hernieuwde kracht, waardoor de man bloosde.

'Hoe leeft hij, Vladimir? Hoe staat hij daar voor ons als een robuuste jongeman, als hij een verre verwant is van Andrej?'

Anđelko deed een stap naar voren om te antwoorden.

"Vrouwe Kristina, Vladimir heeft me op alle mogelijke manieren tot uw dienaar gemaakt, zelfs door mij af en toe als surrogaatdonor te gebruiken. Door dat te doen, heeft ze me zonder ouder worden achtergelaten en heb ik mijn jeugd behouden. Ik heb het voorrecht gehad haar te observeren. van verre en had gezien hoe je met Andrej was. Ik was blij dat mijn heer zo verstandig had gekozen. Je eigen vriendelijkheid en liefde voor hem waren duidelijk. Het zou een eer zijn geweest om te weten dat je de bescherming van Vladimir hebt. Andrej vroeg zich vaak af of hij kon van enig nut voor hem zijn. Vladimir, maar hij begreep dat dit niet zijn levenspad was. ' Legde Anđelko zachtjes uit aan Kristina.

Ze was weer verrast.

'Andrej heeft me hier niets van verteld. Ik had na deze twee nachten niets van Vladimir gehoord. Ik ben blij je te ontmoeten, Anđelko. En bedankt voor je vriendelijke woorden.' Kristina bleef hem verbaasd aanstaren en zag een deel van de familiegelijkenis met Andrej, de delen die samen met Stankov waren gepasseerd.

* * *

Anđelko glimlachte liefdevol naar hem.

Ze was ook haar Meester waardig.

Zijn geest paste alleen bij hem.

Anđelko was blij met hoe de zaken waren afgelopen, omdat ze het lot van Andrej al een tijdje kende.

De rol van Kristina werd hem echter pas duidelijk.

Maar als dat zo was, zou ze na verloop van tijd verliefd worden op de Meester en kon hij niets meer vragen.

Hij hoopte dat ze zou blijven, al was het maar voor haar geld, want Vladimir verveelde zich snel en moest van tijd tot tijd gepest worden.

Anđelko grijnsde daar nu om.

* * *

Kristina keek Vladimir weer aan.

Ze keek hem aandachtig aan en testte haar besluit.

Hij waagde zijn gedachten en waagde het.

"Oké. Zoals ik al eerder zei, ik kan accepteren wat er gebeurt. Ik kan zelfs accepteren dat Andrej dit niet met mij heeft gedeeld. Ik heb echter enkele vragen."

Vladimir trok hier een wenkbrauw op en vroeg zich af waar zijn vruchtbare verbeeldingskracht nu naartoe liep.

Hij wachtte geduldig tot ze begon.

'Zoals je wilt, lieverd. Vraag zonder problemen.'

'Wat is mijn rol? Ik bedoel, anders dan je geliefde te zijn, heb ik een doel?'

'Je kunt alles zijn wat je wilt, Kristina. Je mag dan aan mijn zijde staan, maar ik zal goed voor je zorgen en je aanbidden zoals je zou moeten worden aanbeden.'

Toen ze dit hoorde, schoten kleine hartstochtelijke slagen door haar lichaam.

Vladimir had zijn weg naar de bloedbaan gevonden en haar het gevoel gegeven dat ze gekoesterd werd.

Ze zuchtte verlangend.

'Dan wens ik wat U wenst voor mijn Heer. Ik ben echter bedreven in de medicinale kunsten en wil de dorpelingen blijven dienen. Ondanks alle vijandigheid van de laatste tijd kreeg ik nog steeds zulke attenties. Zou dit gepast zijn?'

'Ja, u kunt voor de dorpelingen zorgen. Maar aangezien Stankov duidelijk niet in zijn doel kan rusten, zou ik van Anđelko willen eisen dat u bij u op bezoek komt. Hierover valt niet te onderhandelen Kristina.'

Kristina ademde expressief over zijn hoge karakter, maar capituleerde.

Hij had geen zin om weer naar Stankov te kijken.

'Wat is er met Stankov gebeurd, Vladimir?'

"Hij is in een staat van verandering, waarin hij zal blijven. Noch volledig in deze wereld, noch in mijn wereld. Hij is ontdaan van zijn sterfelijke zelf en toch zal hij weer onder zijn volk wandelen. Hij zal zijn status binnenin verliezen. het dorp Split en het zal moeilijk voor hem zijn om in zijn onderhoud te voorzien. Hij werd hiertoe veroordeeld, niet vanwege zijn poging om mij te trotseren, maar vanwege zijn onwankelbare hebzucht om jezelf te willen bezitten. Misschien kent hij enkele van de gedachten van zijn donker hart, maar ik ken ze niet. iedereen ".

Vladimir vond het vreselijk om zoveel over hem te onthullen, maar hij wist dat Kristina zou volharden om de hele waarheid te kennen.

***

Kristina maakte zich een beetje zorgen over het nieuws, maar toen knikte ze.

Welke keus had ze echt?

De proef was uitgevoerd en zelfs Anđelko had ingestemd.

Gedachten flitsten door zijn hoofd bij de situatie en hij vroeg zich af in hoeverre de twee mannen, vampier en bediende, van plan waren geweest voor de recente toekomst.

Wetende dat hij niet kon veranderen wat ze hadden gedaan, veranderde hij opnieuw van oriëntatie.

Hij nam zijn eten bedachtzaam aan terwijl hij de moed zocht om zijn volgende vraag te stellen.

'Moet ik zoals jij zijn, Vladimir?'

Ze zei het zo snel dat het eruit kwam alsof ik net als jouw Vladimir moet zijn?

Vladimir zei heel natuurlijk:

'Dat valt nog te bezien, Kristina. Jij zult die beslissing nemen, niet ik. Aangezien ik zelf twee meningen over de kwestie heb, zal ik je wensen vervullen. Laat me echter herhalen dat je altijd van mij zult zijn. Je vrijlating zal kom met je natuurlijke dood of als iemand anders me verslaat in een strijd om jou. Als je sterfelijk blijft, is er gevaar in overvloed. Ik heb machtige vijanden die je zouden gebruiken om mij aan te vallen. Als ik je ertoe aanzet om je volledig te bekeren, neemt het risico af, maar blijft. Denk er eens over na mijn liefste, ik weet dat welke beslissing je ook neemt, de onze zal zijn. '

Vladimir maakte beleefd een buiging voor haar terwijl hij dit zei.

Kristina keek naar de mogelijkheden die voor haar lagen.

Hij wist dat het nog steeds van Vladimir zou zijn, het leek voorbestemd.

Ze wist niet precies hoe ze het wist, maar dit wezen met violette ogen fascineerde haar als geen ander, zelfs Andrej.

Ze voelde zich hiervoor niet ontrouw jegens Andrej, omdat ze altijd van hem zou houden.

Deze man voor haar betoverde echter haar geest, lichaam en ziel.

Ze voelde zich levend op manieren waarvan ze nooit wist dat ze konden bestaan.

Ja.

Ze had veel te overpeinzen en zou meer vragen hebben, maar voorlopig was ze tevreden om achterover te leunen en alles in zich op te nemen wat haar was geopenbaard.

VIERDE DEEL
MARKOVIC

63

HOOFDSTUK XV

Later die week, aan het eind van de middag, besloot Kristina om met Anđelko als begeleider te gaan wandelen.

Hij was op het idee gekomen om naar buiten te kunnen gaan, ondanks de inherente gevaren die Vladimir had beschreven.

Ze danste half over het licht overwoekerde pad dat naar het omringende bos leidde, terwijl Anđelko haar geduldig in het zicht hield terwijl ze nonchalant sprong.

Ze kwamen een open plek in het bos tegen, waardoor Kristina hem waarderend aankeek.

Ze begon madeliefjes te verzamelen om ze aan elkaar te rijgen en al snel droeg Anđelko een prachtige krans van, en Kristina droeg ook een ketting en een kroon.

'Anđelko, vertel me alsjeblieft meer over je tijd met Vladimir. Ik ben zelfs nieuwsgierig.'

Ze keek hem onschuldig aan van onder haar wimpers, terwijl een madeliefje een smaragdgroen oog gedeeltelijk bedekte.

'Wat wil je weten, meisje? Ik hou van hem, ik sta bij hem in de schulden en ben er trots op zijn vriend te zijn.' Verklaarde Anđelko nadrukkelijk.

'Hoe is het om te weten dat alle mensen van wie je hield uit dit leven zijn overleden?' Ze zei het weemoedig, met tranen in haar ogen.

Anđelko keek een beetje ongemakkelijk bij de tranen, omdat hij hem geen pijn wilde doen.

Ze hield sinds vorige week van Kristina, omdat Vladimir haar volledig betoverde en ze zich heel goed aanpaste aan haar nieuwe omgeving.

Sterker nog, ze zag er prachtig uit terwijl ze daar zat met het afnemende zonlicht dat haar gezicht verwarmde, een tevreden blik op hem.

Haar haar was naar achteren gevlochten in een nette kolom die haar nek tot het midden van haar rug sierde.

Hij had er een felgekleurde sjaal overheen gedaan om een deel van de zonnewarmte te vermijden.

Ze was een braaf meisje en had haar huis al geluk gebracht, en daarvoor was ze erg dankbaar.

'Kind, ik heb mijn leven geleefd zoals het mij gepast leek.' De start. "Ik was in rouw en was al een aantal jaren voordat het verbond werd gesloten. Ik hield enorm van en hield van mijn kinderen en kleinkinderen en de kinderen van hun kinderen, maar mijn leven was erg leeg zonder mijn geliefde Lucija. De zon kwam op en ze ging verder met haar, ze zei nooit een slecht woord tegen iemand en zag haar langzaam wegglijden, dag na dag, scheurde mijn hart. De koorts was de stad binnengedrongen, net als degene die het leven van je ouders kostte en terwijl ik zag hoe ze dieper in de ziekte realiseerde ik me wat ik aan het verliezen was. Ik werd erg boos op God omdat hij zo'n zachtaardig persoon als zij sloeg in al zijn goedheid. En een tijdlang werd ik een dronken bedrieger, totdat meester Vladimir arriveerde. "

Kristina was gefascineerd door Anđelko's verhaal en besteedde er veel aandacht aan.

Ze zag de vluchtige emoties over zijn gezicht kruisen terwijl hij zijn verhaal vertelde en kronkelde ongeduldig toen hij stopte om een slokje water te nemen uit de fles naast hem.

"Meester Vladimir besefte al snel dat ik ongelukkig was, hoewel hij niets zei. We zaten voor een brullend vreugdevuur en sloegen de details van het pact weg en ik kon mijn ogen niet van hem afhouden. Hij betoverde me met zijn gratie, spraak, en in zijn vloeiende lichaamsbewegingen. Hij werd gepersonifieerd door genade. Ik benaderde hem uiteindelijk en vroeg nederig om hem te dienen. Hij stemde meteen toe en toen het verbond eenmaal met bloed was verzegeld, nam ik afscheid van mijn familie en reisde met hem naar het landhuis. " Anđelko zuchtte. 'In het begin was het niet gemakkelijk om in zijn aanwezigheid te zijn. Ik, een eenvoudige boer omringd door alle schoonheid en elegantie van zijn wereld. Hij had altijd geduld met me, tot de dag dat ik ...'

Anđelko stopte bij het onverwachte geluid van een voetstap.

Voorzichtig stond hij op en plantte zich op zijn heupen voor Kristina.

Hij voelde de goddeloosheid van een naderende aanwezigheid, en hij was bereid om desnoods tot de dood te vechten.

Hij zou Kristina, zijn leven of zijn eer niet riskeren om minder te doen dan dat.

Kwaadwilligheid doordrong de open plek terwijl ze in gespannen afwachting van het komende gevaar wachtten.

Het wezen dat loskwam van het omringende gebladerte had bont op de achterkant van zijn borstelige nek.

Stankov! Kristina dacht huiverend, of liever, wat er van hem over was.

Hij was doodsbleek met een wilde glans in zijn ogen en leek immuun voor haar lijden.

Zijn kleren waren aan flarden en zijn schoenen vielen uit elkaar.

Hij keek Kristina waarderend aan en er was een verlangen zichtbaar op zijn gezicht.

Aan de zijkant was een schede waarin een lang, in de schede gestoken zwaard zat.

Langzaam, strelend, speelde zijn hand op het handvat, bijna als een minnaar.

Zijn bedorven adem ging gemakkelijk over de andere kant van de open plek, waardoor Kristina huiverde.

Anđelko keek haar nooit aan en hield er de voorkeur aan oogcontact met Stankov te houden.

Hij duwde Kristina nog verder achter zijn rug en fluisterde dat als ze viel, ze als de wind naar het landhuis zou rennen.

Hij liet een hoog fluitsignaal horen om Darija en Roko te roepen in de hoop dat ze snel zouden komen.

Ze lagen in de kleine schuur te rusten toen ze de open plek op waren gaan wandelen.

Toen Anđelko floot, bedekte Stankov zijn oren en schreeuwde van de pijn.

Zijn gelaatstrekken verdraaiden verder tot een groteske misvormde massa die nauwelijks leek op de oude Stankov.

Toen trok hij zijn zwaard en deed een stap naar voren.

'Man, ik weet niet wie je bent, ik wil gewoon het meisje. Geef haar aan mij en ik laat je leven.'

Stankov sloeg de lucht voor hem in en rukte op zonder te stoppen.

Hij liep duidelijk mank, maar dat leek hem niet te vertragen.

'Nee! Je hebt de woede van Vladimir weer op het spel gezet. Je zult zien hoe hij je op je plaats zet door je voortdurende onbeschaamdheid jegens hem en zijn volk!'

Anđelko leek niet onder de indruk van zijn eisen.

'Nog een laatste waarschuwing, oude man. Beweeg of sterf. Het kan me niet schelen wat je kiest. Persoonlijk zou ik graag wat vergelding krijgen ... dus het zal de dood zijn!'

Anđelko voelde het lemmet tot aan het bot van haar onderarm snijden.

Zijn witte overhemd nam de rode vloeistof op die naar buiten kwam toen het eruit gutste.

Stankov had geen fatale slag toegebracht, maar had Anđelko duidelijk ongeschikt gemaakt, die haar vrije hand over de wond sloeg.

Kristina zag haar kans om Stankov te confronteren en Anđelko te beschermen.

Ze stapte dapper naar voren.

Stankov plaatste het lemmet van zijn zwaard om zijn nek.

Kristina haalde voorzichtig adem, ondanks haar deinende borst.

'Stankov, deze man is je overgrootvader Anđelko! Stop meteen, hoor je me? Ik zal me niet aan je onderwerpen, maar ik wou dat hij niet stierf.'

Stankov bleef sprakeloos en bewoog het zwaard naar de bovenkant van haar schouder en knipte behendig het lint door waarmee de blouse op zijn plaats zat.

De blouse was zijwaarts over haar deinende borstkas gevouwen, waardoor een deel van haar romige huid bloot kwam te liggen.

Kristina probeerde de walgelijke uitdrukking op haar gezicht te behouden, maar het mocht niet baten.

Stankov lachte dreigend en sneed door de andere kant, net toen Darija en Roko zwijgend op zijn rug sprongen, waardoor hij voorover viel.

Met het zwaard voor haar uit, gaf ze geen fatale slag, maar de honden deden hun best om het uit elkaar te scheuren.

Net toen Kristina dacht dat ze hem zeker uit elkaar zouden scheuren, stapte er een tweede gestalte uit de schaduw.

Hij stak een hand op en de twee honden botsten met hun hoofden op elkaar om zinloos naast elkaar te liggen.

'Wat hebben we hier, Stankov? Ik zie dat je gelijk hebt! Ik herken Vladimirs bediende, Anđelko!'

Het wezen spuugde op de grond en liep verder de open plek in.

Wat ooit een paradijs en een veilige haven voor Kristina had geleken, werd verbrijzeld door gebeurtenissen die zich ontvouwden.

Ze kromp ineen en trok zich terug in een vergeefse poging de vreemdeling weg te duwen.

Anđelko kreunde van ontzetting.

Deze man, deze vampier, dit onheilige wezen van de nacht, was de gezworen vijand van Vladimir.

Graaf Stjepan Vanjavich Markovic!

Wat deed hij hier? dacht hij onbewogen terwijl het bloed uit zijn arm bleef wegvloeien.

Hij balanceerde op zijn voeten in een poging bij bewustzijn te blijven.

Het was bekend dat Markovic het Montenegrijnse veld rondsnuffelde.

Hij was een imposante man, groter dan de meeste van zijn landgenoten, met een slank gezicht en dunne lippen die nauwelijks zijn slagtanden bedekten.

Zijn vingers waren geprikt en langwerpig en zijn houding was gracieus.

Zijn pak was gemaakt van fijne zijde en was op maat gemaakt vanwege de rijkdom die hij bezat.

Haar lange donkere haar was vastgebonden in een strakke paardenstaart aan de basis van haar nek en haar ogen waren zielloos karamelbruin.

Stankov stond langzaam op en wendde zich tot zijn nieuwe leraar om zijn goedkeuring te vragen om voor de twee voor hem te zorgen.

Hij kreunde diep in zijn keel om zijn nieuwe wonden, maar hij wist dat zijn Meester ze te zijner tijd zou behandelen.

Het was puur toeval dat hij Markovic had ontmoet!

Als hij er niet was geweest, zou het in de open lucht zijn bevroren, net zoals ze het hadden achtergelaten.

Markovic had hem overgehaald om tijdelijk te genezen totdat hij weer op krachten kwam en dat is wat hij deed.

Hij beloofde zijn loyaliteit aan Markovic en in ruil daarvoor was Markovic blij een nieuwe methode te vinden om zijn gehate rivaal te kwellen.

Kristina hield haar adem in bij zijn gelaatstrekken.

Hij was goed gevormd, maar die ogen waren dood voor haar.

Ze veegden haar kort weg en catalogiseerden haar in dezelfde zwaai als een niet-bedreiging.

Ze had een diepe hekel aan hem, want hij deed het voor Stankov, hoewel ze niet wist wat zijn bedoeling was.

Ze rende naar Anđelko toe in een poging hem te helpen het hevige bloeden te stoppen.

Hij pakte zijn zakdoek en maakte een tourniquet net boven de wond.

Ze was zo gefocust op het helpen van Anđelko dat ze niet besefte dat Stankov haar hand uitstak om haar wang te strelen.

Ze sloeg op zijn hand en concentreerde zich op haar taak.

Ze voelde de tegengestelde kracht die haar versuft en starend achterliet.

Voordat ze de kans kreeg om te reageren, omhelsde Stankov haar in een knuffel als een beer en ging met haar mee de duisternis van het bos in.

HOOFDSTUK XVI

Vladimir merkte dat hij klaarwakker was in een draaikolk van woede toen de scène zich in zijn hoofd ontvouwde, vanwege zijn band met Anđelko.

Toen hij het landhuis verliet en snel de open plek bereikte, vond hij Anđelko nauwelijks bij bewustzijn en Kristina vermist, nergens te vinden.

Vladimir nam zijn oude vriend in zijn armen en zag zijn leven voorbijgaan aan het bloedverlies dat over zijn kleren stroomde. Vladimir opende zijn pols om die voorzichtig in Anđelko's mond te plaatsen zodat ze zich kon voeden.

De rijke voeding reisde onmiddellijk naar de plaats van de wond, waardoor deze begon te sluiten, ook al was er korte tijd pijn door zijn genezende krachten.

Net als het effect van het uitgegoten carbolzuur, borrelde de wond even op en werd de giftige nasleep uit Anđelko's lichaam verdreven.

Vladimir haalde Kristina's geïmproviseerde tourniquet tevoorschijn en stopte hem in zijn zak, dankbaar voor haar snelle tussenkomst om het bloeden te stoppen.

Anđelko lag enkele ogenblikken hijgend in Vladimirs armen en hervond haar kracht.

Terwijl Vladimir de pop uit haar mond haalde en de wond sloot, om zijn eigen verjongingsproces mogelijk te maken.

Anđelko was volledig verwoest door Kristina's verdwijning, niet door haar verwondingen.

Hij stond zijn geest open voor Vladimir, zodat hij de hele ontmoeting vrijelijk kon bekijken.

'Mijn vriend, je bent niet gefaald in je verantwoordelijkheden jegens mij. Je hebt dapper gestreden om Kristina te beschermen.' Vladimir sprak Anđelko's geest rechtstreeks aan.

"Je weet dat Markovic nu terug is. Meester Vladimir, hij heeft gezworen je te vermoorden tijdens je laatste ontmoeting! Nu heeft hij mevrouw Kristina. Ik kon het niet verdragen dat haar iets overkwam! Ik hou van haar als een dochter en zij heeft je gebracht vrede en geluk sinds ze in huis is. "

Anđelko boog haar hoofd van voortdurende schaamte, vergetend dat de krans van madeliefjes nog steeds dansend aan haar voorhoofd hing, enigszins ongerijmd in de scène van bloed en vernietiging om hen heen.

Ondanks de ernst van de situatie gunde Vladimir zichzelf een ontspannen blik om zijn ogen te verwarren terwijl hij naar Anđelko's voorraden keek, waaronder de madeliefjes.

Hij nam empathisch contact op met Darija en Roko en doorzocht hun lichamen op wonden die aandacht nodig hadden.

Ze kregen allebei een klap tegen het hoofd waar ze waren gebotst, maar ze zouden snel herstellen.

Een andere zonde waar Markovic voor zou boeten.

Zijn honden waren zijn geliefde huisdieren en hij hield ze goed van pas.

Hij nam zijn beslissing.

Hij zou Darija en Roko op natuurlijke wijze laten genezen op de open plek en Anđelko naar het landhuis brengen waar de rest van haar problemen veel beter konden worden opgelost dan daarbuiten.

Snel nam hij Anđelko mee en droeg hem het landhuis binnen, hem comfortabel in zijn Spartaanse kamer afgezet en weer naar buiten.

Hij keerde terug naar de open plek, waar Darija en Roko al in beweging waren.

Vladimir stopte even om het slagveld van dichterbij te bekijken en gebruikte zijn scherpe zintuigen voor alles wat hij miste.

Zwijgend raakte hij het stuk stof in zijn zak aan als verbinding met zijn Kristina.

Zijn ogen zochten het pad dat Stankov had afgelegd, samen met de onwillige Kristina op sleeptouw.

Hoe hij ook probeerde, hij kon geen band met haar krijgen.

Ze bevond zich in de eerste leerfasen van dit proces, maar had de taak nog niet voltooid.

Deels omdat ze andere, leukere doelen nastreefden.

Vladimir hekelde zichzelf even voor deze situatie, en al even snel richtte hij zijn energie op meer aanwijzingen.

Zijn violette ogen zagen een klein voorwerp verloren op de weg, aan de rand van de open plek.

Terwijl hij daarheen liep, raapte hij het bedachtzaam op.

Markovic zou razend zijn over zijn verlies, wist Vladimir.

Het was een cerulean fluwelen choker met een hangende hanger.

Binnen wist Vladimir dat hij kleine foto's zou vinden van zijn oude vriend Stjepan en de zus van Stjepan, Đurđa.

Vladimir drukte het voorwerp tegen zijn lippen ter herinnering aan Đurđa.

Zij was de reden waarom Stjepan Markovic hem nu verachtte.

Zuchtend en vermoeid van de turbulente emoties die deze duistere gedachten bij hem veroorzaakten, stak Vladimir zijn ketting in zijn zak en keerde terug naar de open plek om de scène en zijn opties verder te beoordelen.

Hij onderzocht grondig elk deel van de open plek, voordat hij zijn aandacht weer op de weg richtte.

HOOFDSTUK XVII

Kristina probeerde haar lichaam als hefboom te gebruiken om de kolossale Stankov tegen te houden.

Ze strafte hem met bijten totdat hij haar hoofd weer naast zich greep.

Hij bracht zijn hand naar haar kin en dwong zijn smaragdgroene blik de hare tegemoet, zijn bedoelingen daar duidelijk aangegeven.

"Kristina, je gaat duur betalen! Ik zal luchten met je mooie lichaam en je zult je aan mij onderwerpen." Stankov grijnsde naar hem.

'Ik pleeg zelfmoord voordat ik je toesta me aan te raken!' Kristina spuugde minachtend naar hem, geen teken van angst op haar gezicht.

'Levend, dood, het kan me niet schelen. Je lichaam zal weten wat mijn stempel op je is. Ik zal de laatste man zijn die je bezit en je zult me voelen, dat beloof ik je.' Stankov drukte haar nog meer tegen zijn borst.

"Je bent gemeen en godslasterlijk! Moge je ziel wegrotten in de hel!"

Kristina probeerde haar knie te bewegen om hem te raken en hem niet in staat te stellen te stoppen, ook al was het maar voor korte tijd.

Hij voelde haar bedoelingen, draaide zijn lichaam een beetje en liet zijn wrede lippen naar haar kwetsbare mond zakken.

Hij drukte zijn lippen op elkaar en duwde zijn grote tong diep in haar keel, waardoor ze misselijk werd van zijn aanwezigheid en zijn stinkende adem.

Woedend kronkelend liet ze ze struikelen.

De vreemdeling kwam op dat moment tussenbeide.

"Genoeg Stankov! Ik ben klaar met je spel. Ik zal voor het meisje zorgen. Je idiote attenties zullen mijn wraak op Vladimir niet stelen. Ik heb veel langer gewacht dan jij om te slagen. Laat haar onmiddellijk vrij!" gecultiveerde tonen.

Stankov gehoorzaamde zonder protest, en Kristina veegde haar mond af met de rug van haar hand en keek Stankov minachtend aan.

Ze spuugde met precisie rechtstreeks in zijn schoen.

Stankov hief zijn hand weer naar haar, maar werd tegengehouden door de hand van de vreemdeling.

In plaats daarvan sloeg hij Stankov met afschuw over zijn gebrek aan controle.

Hij wendde zich tot Kristina en sprak haar voor het eerst aan.

"Meisje, je bespot hem op eigen risico. Laten we alsjeblieft redelijk zijn. Je kunt op dit moment niet ontsnappen. Sta me toe mezelf voor te stellen; ik ben graaf Stjepan Vanjavich Markovic en jij, mijn beste, bent in mijn gevangenschap. Gedraag je. En sta jezelf toe. Moge de genade waarvan ik weet dat je bezit, voorlopig je hartstochten beheersen. Je voornaam is Kristina, zoals ik weet. Wat is je achternaam, dochter?'

Stjepan sprak welsprekend en vergezelde zijn toespraak met een buiging.

Kristina keek achterdochtig, maar was gefascineerd door zijn spraakpatronen.

'Mijn naam is Kristina Jagavka Zlatovic en ik behoor tot Lord Vladimir. Laat me vrij, graaf, want ik kan niet weten wat Vladimir met je zal doen als je dat niet doet!'

Kristina bewoog, haar lichaam trilde van de kracht van haar onderdrukte emoties.

Stjepan lachte luchtig om haar moed.

Ik zou het leuk vinden om het te breken.

Het zou Vladimir verlaten met een gebroken pop in geest, lichaam en ziel.

Hij krulde tevreden zijn lippen bij deze gedachte, hoewel het jammer zou zijn voor iemand die zo charmant en pittig is als zij.

Het kon echter niet worden verholpen en hij zou niet uit de weg gaan.

De gedachte om Vladimir te verslaan, verwarmde zijn bloed en voedde zijn ziel.

Vladimir Mislavirov zou betalen voor het verleden en Kristina zou Stjepans vernietigingsinstrument zijn.

Moe van zijn saaie manier van doen, deed hij een ketting om haar nek waaraan een meter ketting was vastgemaakt.

Kristina knipperde verrast met zijn ogen over zijn methoden.

Ze had nog nooit zoiets gezien waarmee dit wezen haar tot slaaf had gemaakt.

De ketting zat strak, maar niet te strak, en toen Stjepan zich omdraaide om verder te gaan, trok hij aan de ketting om haar in beweging te krijgen.

Nu liet Kristina toe dat angst haar merg binnensijpelde terwijl ze aarzelend naar voren strompelde en de kracht van haar omstandigheden werd versterkt door de dominantie van deze man.

Stankov zat nog steeds achterin, haastte zich om hem bij te houden, hij wilde zijn meester niet verder woeden of mishagen.

HOOFDSTUK XVIII

Anđelko herstelde van haar verwondingen en ging naar Split om te leren wat ze kon van Stankov en Stjepan.

Zoveel als hij en meester Vladimir wisten, was er altijd wel iets dat over het hoofd kon worden gezien en hij wilde zeker weten dat ze alle mogelijke antwoorden hadden om deze eeuwenoude vijandschap te bestrijden.

Anđelko's eerste stop was Goran.

De man was traag en had in Stankovs schaduw geleefd, maar als iemand iets wist, zou hij het zijn.

Hij zag Goran zijn schapen hoeden.

'Goran! Je gaat me geven wat ik wil! Ik wil informatie over Stankov, en geef het me nu!'

Anđelko sprak krachtig in de wetenschap dat ze Gorans onverdeelde aandacht voor haar gedrag had.

Goran was altijd geïntimideerd door de aanwezigheid van An presenceelko als hij af en toe naar het dorp kwam.

"Wat is er gebeurd?".

Goran keek hem verward en bang aan.

Hij probeerde de man niet te beledigen door hem te vragen waarom hij zo van streek was en bood zijn excuses aan.

Hij deed een stap achteruit met de bast van zijn herder en bood Anđelko de warmte van zijn vuur aan.

Zijn hebzuchtige ogen namen Anđelko's vorm aan terwijl ze gracieus naar voren bewoog en hurkte om haar handen te warmen.

Dit teken dat de nacht viel, maakte hem van streek.

'Goran, ik moet weten wat je weet, hoe onbeduidend je ook mag denken. Stankov kwam terug en maakte een vreselijke fout tegen meester Vladimir. Hij was in het gezelschap van een zeer wrede demon en Kristina is gevangengenomen! Ik heb informatie nodig over Stankovs geheime schuilplaatsen, zijn oorspronkelijke plannen voor Kristina, alles! Als je je leven waardeert, dan zul je me vertellen wat ik moet weten, en dat doe je nu! '

Anđelko stond op, pakte ruw het overhemd van de man vast en drukte haar lichaam dichter bij het hare.

Hij keek met evenveel angst als onuitgesproken verlangen naar Gorans ogen.

Tevreden met haar onuitgesproken antwoorden wachtte hij op het antwoord op zijn vragen.

Goran probeerde adem te halen.

Anđelko's nabijheid was erg bedwelmend en ze waardeerde de veranderingen die haar lichaam onderging, maar ze wist dat ze nu niet de gelegenheid zou hebben om ze te verkennen.

Teleurgesteld zuchtend antwoordde hij:

'Anđelko, ik weet heel weinig over Stankovs acties voorafgaand aan onze aankomst in het landhuis. Hij is gereserveerd en teruggetrokken. Ik weet dat hij van plan was om Kristina te zoeken de dag na Andrej's begrafenis. Hij was woedend toen ik hem vertelde wat ik had. gezien die nacht. ".

Goran wachtte even om op adem te komen.

'Hij had de verlaten hut aan de rand van Srecko's eigendom bezocht, weet je, die op het platteland het verst van Split verwijderd. Ik denk dat hij van plan was Kristina daar te verleiden.'

Anđelko keek Goran ongelovig aan.

'Denk je dat hij een verleider is? Hij zou het meisje verkrachten en haar bij haar vrienden achterlaten! Stankov was slecht voordat hij Srecko's eigendom naderde, dom. Je boog voor zijn wil en volgde hem als de puppy die je bent Hoe kon je dat niet zie en voel dit? God! "

Goran kromp ineen bij Anđelko's mogelijke vergelding, zijn hoop vervloog dat hij haar volle lippen zo dicht bij de zijne zou kunnen verkennen.

Ze boog haar hoofd van angst, streek langs Anđelko's borst en kreunde onverwachts.

Anđelko was onmiddellijk ontroerd door haar angst, wetende dat het niet aan Goran te wijten was.

Zuchtend trok hij Gorans bevende lichaam naar zich toe, vormde zijn hoofd met zijn hand en vormde het tot aan de basis van zijn keel.

Hij was niet van plan Goran pijn te doen.

Ze voelde de sensatie van de lippen van de man terwijl ze haar adamsappel volgden en Anđelko onderwierp zich voorlopig aan dit genot.

De ademhaling van de man werd snel en zwak doordat hij niet werd afgewezen.

Hij genoot van het warme zoutgehalte van zwaar zweet en likte haar als een kind.

Haar neus drong zich verder in Anđelko's huid en inhaleerde de bedwelmende geuren.

Hij bewoog voorzichtig zijn handen experimenteel rond haar lichaam om te voelen dat de man genoegen nam met hun ineengestrengelde lichamen.

Het loslaten van Anđelko's ingehouden adem klonk als muziek in haar oren en ze huiverde van verwachting.

Op zoek naar Anđelko's lippen, bewoog Goran zijn mond onder haar kin en plantte zachte kusjes.

Door je kaak heen reizen naar je eindbestemming.

Hij maakte daar bedachtzaam indruk op haar mond en wachtte geduldig op Anđelko's antwoord.

Anđelko, die zijn aarzeling voelde, sprong met roofzuchtige ijver naar voren.

Hij besefte hoe graag hij de aanraking van Goran wilde hebben.

Wetende dat Vladimir tijdens zijn zoektocht buiten zijn fysieke en mentale bereik lag, bezweek hij voor de passies van de ander.

Hun tweeledige doel, één, de verzadiging van beide, en twee, als Goran zich bij hen zou aansluiten, zou van onschatbare waarde kunnen blijken.

Hij doorboorde de spleet van Gorans lippen en draaide zijn tong naar binnen, terwijl de hitte op hem wachtte.

Gewillig, onderdanig en overweldigd door emotie, kromp Goran in zijn armen.

Ze was een maagd en had altijd geweten dat ze deze gevoelens in het verleden had onderdrukt, maar met Anđelko's ontvankelijkheid wilde ze weten wat er achter deze hartstochtelijke kus lag.

Ze opende haar mond nog verder en durfde zachtjes aan Anđelko's tong te zuigen, wat haar hartstochten nog meer deed ontbranden.

Haar lichaam bewoog als reactie, het bewijs van haar emoties spande zich in het midden van haar lichaam, niet pijnlijk, maar in afwachting.

Goran voelde ook het bewijs van Anđelko's verlangen op hem doordringen.

Ze verwelkomde de attenties, verbrak de kus en wees Anđelko uitnodigend naar het nabijgelegen bed.

Anđelko begreep het meteen en ging met Goran haastig naar de plek.

Ze vielen gracieus in elkaar, ledematen verstrikt en monden versmolten.

Anđelko zat meer dan bevredigend tussen Gorans dijen en zuchtte haar toenemende gevoeligheid in Gorans smekende mond.

HOOFDSTUK XIX

Kristina schudde vermoeid haar hoofd en probeerde haar vingers onder haar nek te wrikken in een poging de kraag wat losser te maken.

Hoewel het haar luchttoevoer niet afsneed, kreeg ze wel het gevoel dat haar ademhaling bekneld was.

Ze greep de ketting in een poging Stjepan te vertragen, omdat ze bang was dat haar stem schor zou zijn door haar inspanningen en beperkingen.

Stjepan draaide ongeduldig zijn hoofd en zag haar worstelen, een grimmige uitdrukking van onheil op haar gezicht bij de onderbreking.

Hij was niet vertrokken, wetende dat de bodembedekker op dit moment zijn bondgenoot was.

Hij had een onzichtbaarheidsmantel gekozen om nog meer te frustreren en te belemmeren wat hij wist als Vladimirs pogingen om zijn menselijke minnaar te zoeken.

Hij wreef bedachtzaam over zijn gezicht toen hij haar naderde, omdat hij haar emotioneel en onderworpen aan zijn wil uit balans wilde houden.

Met dat in gedachten formuleerde hij een antwoord op haar koppigheid.

"Kristina, tenzij je nu mijn aanraking op je lichaam wilt voelen, zul je voorwaarts blijven gaan. En ik beloof je dat ik niet zachtaardig zal zijn. Ik zal je lichaam en ziel vernietigen. Als dit jouw voorkeur is, dan blijft het ons belemmeren. vooruitgang. 'Tevreden met haar antwoord, wachtte hij op het jouwe.

Kristina's ogen werden groot bij deze impliciete dreiging en ze marcheerde onverbiddelijk naar voren, de nederlaag in haar huidige toestand duidelijk zichtbaar op haar gebogen schouders en buikligging.

Stjepan rukte aan de ketting, dus ze moest naar hem opkijken.

Hij gaf er de voorkeur aan dat ze nog een tijdje zo doorging.

Het idee van totale dominantie over haar was zo lief.

Als ze nu onderdanig zou worden, zou hij niet volledig de manieren onderzoeken waarop hij haar wilde hebben en gebruiken.

Hij zag haar inspanningen met zijn vingers aan de ketting en het vermaak trof hem door zijn onvermogen.

De kraag versterkte haar trotse houding, het lint dat over haar schouder was geknipt, lokte hem om haar romige vlees te verkennen, vooral omdat er bijna een tepel uit stak, en ze had nu een vuurflits in haar ogen.

Kristina beloofde zichzelf dat ze een wilde kat zou zijn als de tijd daar was.

Voorlopig zou ze deze vernedering verdragen en wachten op de gelegenheid om te ontsnappen.

Ze wist dat Vladimir haar zocht en ze snel zou vinden.

Hij hoopte hem weer te ontmoeten en hem deze demon en degene met hem te zien verslaan.

Het deed hem weinig pijn om zich Stankov te herinneren, de oorzaak van zijn ontsteltenis en slaafsheid.

Ze zou God en Vladimir toestaan met hem af te rekenen; ze zou niet langer haar tijd of energie aan hem verspillen.

Zijn ogen werden echter berekenend terwijl hij naar Stjepan staarde.

Hij weerstond de kracht van haar blik en reageerde met een griezelige lach.

Ze fronste haar wenkbrauwen, maar hield haar gedachten voor zich.

Ze wist dat hij geen band met haar kon krijgen en hoewel dit haar stoorde omdat ze ook geen banden had met Vladimir, was ze eigenlijk dankbaar voor het gebrek aan vooruitziendheid dat ze hadden gehad.

Ze probeerde onbewogen te blijven, ook al tolde haar hoofd van turbulente emoties.

Ze bleef zo omdat ze maar weinig opties had.

Hun vaart hervond Stjepans geest en ze kropen dieper het donkere bos in.

VIJFDE DEEL
ĐURĐA

84

HOOFDSTUK XX

Negentig jaar geleden ...

Vladimir verbrak de greep die Ður controla op hem had.

Hij had tevergeefs geprobeerd haar gerust te stellen dat ze veilig zou zijn terwijl hij ging eten.

Ðurða was jong en ze was prikkelbaar.

Hij moest nog steeds vampiergebruiken begrijpen.

'Genoeg, Ðurða! Ik moet eten; ik ben zwak door gebrek aan voedsel! Je hebt me deze twee dagen verstrikt, teef!'

Vladimirs lach was overvloedig en een beetje geforceerd naarmate de scène zich ontwikkelde.

'Maar Vladimir, ik wil bij je zijn! Ik heb een gevoel en ik weet dat ik me veiliger zou voelen in jouw gezelschap. Waarom laat je me niet met je meegaan terwijl je voedt?' Ðurða vleide hem.

'Ðurða, mijn liefste,' begon Vladimir opnieuw, 'je zou overweldigd zijn door het proces. Ik zou je willen vergeven dat je dat inziet. Totdat je een beslissing neemt of je mens wilt blijven of een vampier wilt worden, zal ik je niet onderwerpen het is een ritueel dat met bloed wordt gedaan. Je moet proberen liefde te begrijpen. Ik wil je alleen beschermen, want wat we allebei weten is dat je bezorgd bent om onder ogen te zien wat ik werkelijk ben. Je zult veilig zijn bij Anđelko. Ik beloof je."

"Vladimir! Maak je hier geen zorgen over, ik ben niet bang voor wat je bent! Maar ik zie dat je me niet beschermt, ik heb genoeg gehoord. Kom hier niet terug tenzij je bij me wilt zijn! Als ik iets nodig heb, laat ik Stjepan komen. Ik wil je niet zien!'Hij zei dat hij haar de rug toekeerde.

Haar woorden drongen door zijn ziel en hij was hulpeloos tegenover haar woede.

Hij had niet naar Stjepan geluisterd toen hij hem adviseerde om niet achter zijn zus aan te gaan.

Ze was anders en erg eigenwijs.

Vladimir had altijd gedacht dat het een teken van haar kracht was, maar hij werd snel moe van de voortdurende strijd met haar.

Hij begon een hand naar zijn schouder te heffen, aarzelde en liet hem toen gefrustreerd naast hem vallen.

'Zoals je wilt, Đurđa, voor dit moment. Ik ben niet van plan je te bevrijden. Je hoort bij mij. Je lichaam, je geest en je geest zijn van mij. Vergeet dat nooit. Je kinderachtigheid spreekt over je jeugd en we zullen het hebben over het later bij mijn terugkeer. Ik heb levensonderhoud nodig, of je zult door mij in levensgevaar worden gebracht, en dat zou ik niet kunnen verdragen.'

Daarop draaide Vladimir zich snel om, haar tranen negerend, terwijl zijn eigen groeiende woede en honger zijn gezonde verstand dreigden te onderdrukken.

HOOFDSTUK XXI

Hij was voorzichtig in zijn keuzes en behoedde zijn trots uit angst voor zijn onbeheerste woede en keerde spoedig terug.

Een hoog gejammer versnelde zijn opmars.

Hij merkte dat zijn onbehagen groter werd naarmate hij dichter bij het landhuis kwam.

Maar de klaagzang was niet van Anđelko en ook niet van Đurđa, daar was hij zeker van.

Hij kende haar geschreeuw.

Zijn onbehagen werd nog groter toen hij zag dat de deur praktisch van zijn scharnieren was gerukt en de tekenen van een recent gevecht net buiten zijn deur.

Hij rende naar binnen en vond Stjepan met Đurđa's levenloze lichaam tegen zijn borst en Anđelko gebonden en bewusteloos op de grond.

Stjepans verwoeste gezicht was gefocust op Vladimirs geschokt.

Stjepan stond op, nog steeds met Đurđa's lichaam dat snel afkoelde in zijn beschermende greep, en zei geen woord tegen haar.

Haat brandde in zijn karamelogen en hij benaderde Vladimir, die ter plaatse verlamd was.

"Je bent blind, jij onwetende dwaas!" Stjepan gestraft. 'Ze sprak over voorgevoelens vlak voordat ze stierf. Je was te ver gegaan om iets te doen. Ze stierf in mijn armen en zei dat je haar niet had beschermd. Ik heb haar aan je gegeven omdat je beloofde van haar te houden en haar te beschermen. Nu dit! Je bent een machtige vijand Vladimir geworden. Luister nu wat ik zeg, ik zal Đurđa wreken!'

Daarmee baande Stjepan zich een weg door een verbijsterde Vladimir en de nacht in.

HOOFDSTUK XXII

Vladimir werd wakker van zijn overpeinzingen over Đurđa en Stjepan.

Hij had een vrouw in de steek gelaten van wie hij had gehouden, hij was niet bereid een andere te laten mislukken.

Hij moest gefocust blijven om Kristina terug te krijgen, ze had zijn hart.

Hij kon in het verleden niet stoppen en de dingen die hij niet wist of niet wist, waren veranderd.

Hij moest koud en berekenend zijn, niet op een gekke manier focussen.

Hij verdiepte zich in zijn hoofd om zich Stjepan en zijn gewoonten te herinneren.

Zijn oren trilden, afgestemd op alle onnatuurlijke geluiden, zijn huid trilde in de lucht om hem heen op zoek naar nuances en veranderingen in zijn omgeving, zijn ogen zochten onophoudelijk het terrein beneden.

Hij had urenlang vliegend gezocht.

Bij het aanbreken van de dag wist hij dat hij snel op de grond moest komen, anders riskeerde hij zichzelf te verbranden.

Hij besloot dat hij niet naar het landhuis zou terugkeren, maar zijn toevlucht zou zoeken in het bos.

Hij creëerde snel een kracht om de aarde te openen voor zijn pijnlijke lichaam en rustte rusteloos onder de grond om te wachten.

Met haar hart bonkend van angst viel ze in een diepe slaap en trance toen de nieuwe dag aanbrak.

HOOFDSTUK XXIII

Anđelko bewoog zich in Gorans omhelzing.

De jongen had het de hele nacht hartstochtelijk met liefde overgegeven.

En hij had het met evenveel enthousiasme teruggegeven.

Hij moest echter weer meedoen met de zoektocht en had er een beetje spijt van hoe leuk de afgelopen uren waren geweest.

Goran keek hem angstig aan.

Anđelko zuchtte.

Hij is zo jong, onschuldig en begrijpt niet alle gebeurtenissen die hebben plaatsgevonden.

Anđelko moest zichzelf blijven herinneren aan zijn gezelschap.

Hij deed een beetje een stap naar achteren en Goran verstevigde onmiddellijk zijn greep en omhelsde Anđelko's nek in een dodelijke greep.

'Hé, kleintje. Ik ben zo blij dat ik wakker werd met jou in mijn armen. Maar ik kan niet langer wachten.'

'O, Anđelko! Ik was bang dat je me zou haten en dat kon ik niet verdragen.' Goran huilde zachtjes tegen zijn nek.

Anđelko was zachtaardig.

"Geen kleintje, ik zou je nooit kunnen haten. Ik hou van je en ik vond het heerlijk om je gisteravond onder mij te voelen. Het is lang geleden dat ik me zo geliefd voelde. Daarvoor bedank ik je. Je hebt niets van mij te vrezen, mijn sterke en knappe Goran. Maar ik moet gaan. Maar ik kom terug, ik zweer het. '

Hij pakte Gorans armen en probeerde ze weg te wrikken.

Maar Goran hield zich stevig vast.

'Anđelko, verlaat me alsjeblieft niet. Ik ben zo eenzaam. Ik wil bij je blijven. Ik beloof je dat ik van dienst kan zijn. Laat me alsjeblieft hier niet achter.'

Anđelko bad om geduld.

'Heel goed, kleintje. Maar onthoud dat als je me vertraagt, ik je zal laten waar je bent. Ik kan geen moment meer verliezen. En als je me verraadt, zal ik het onmiddellijk oplossen. Mijn zorgen op dit moment zijn exclusief voor Kristina. Haar leven staat op het spel. Laat me geen beslissing nemen waar ik niet mee kan leven. '

Anđelko was opzettelijk bruusk om haar standpunt kenbaar te maken.

Goran kon alleen maar met zijn hoofd tegen Ano'selko's borst knikken.

'Goed, je kunt komen.'

Goran stond snel op en begon het vuur op te slaan en voorraden te verzamelen.

Hij floot naar zijn herdershond en fluisterde instructies aan het intelligente dier dat naar zijn uitkijkpunt terugkeerde om de schapen te hoeden.

En toen ging hij snel zijn behoefte doen.

Binnen twee minuten stond hij trillend overeind, maar hij lette op Anđelko.

Anđelko knikte goedkeurend.

Een laatste blik op het kamp met Goran die de slaapzak pakte en ze waren vertrokken.

HOOFDSTUK XXIV

Kristina werd wakker geketend aan de muur van een kleine hut.

Het zwakke licht dat door het raam viel, vertelde hem dat het laat in de middag was.

Verbaasd keek hij om zich heen, en toen bracht de aanhoudende pijnscheut op zijn wang zijn situatie weer naar voren.

De vloer onder haar was vuil en deed denken aan etensresten en ander ingebeeld puin.

Zijn arm klopte met een ketting om haar heen, zijn pols danste losjes tegen het metaal.

Een luid gesnurk drong in zijn gedachten op.

Stankov zat naast de etensresten op een tafel, zijn gezicht erop rustend, een lege wijnkan voor zich.

Ze huiverde bij het zien van hem, probeerde zichzelf discreet te krabben, voelde mieren en wie wist wat er nog meer op haar huid zat.

Hij verlangde ernaar om te baden en zichzelf te ontlasten.

Stjepan was niet in zicht.

Ze haatte het om met Stankov om te gaan en koos ervoor te zwijgen.

Ze hadden een kleine steelpan met water en een pan voor hem achtergelaten om zichzelf te helpen.

Muisstil, waarvan ze zeker wist dat ze er ook woonden, manoeuvreerde ze zich over de kamerpot en maakte snel haar zaken af.

Toen schoof hij hem voorzichtig over de vloer, zo ver mogelijk van haar af.

Ze wist dat haar haar vuil was en verstrikt begon te raken.

Zijn mond was droog en zijn keel was uitgedroogd en zijn kleren waren zwaar bevlekt.

Ze had honger en hunkerde naar de troost van Vladimirs armen om haar heen.

Ze miste hem vreselijk.

Ze bracht de pan naar haar lippen en slikte het ranzig ruikende water naar binnen, maar ze kon niet stoppen.

Al snel maakte hij de beker leeg en voelde zijn maag ronddraaien bij het binnendringen.

Ze vocht een paar minuten tegen misselijkheid, wanhopig om het water binnen te houden en wanhopig om Stankov niet wakker te maken.

Zijn vieze geur drong door de kamer en veroorzaakte nog meer misselijkheid.

Ze leunde met haar hoofd tegen de muur en haalde diep adem om haar lijden te verzachten.

Het was een kleine troost.

Tranen vormden zich in haar smaragdgroene ogen en rolden oncontroleerbaar over haar wangen.

Ze hield het snikken in, totdat het te pijnlijk werd en de angst wegebde.

Stankov sprong onmiddellijk overeind en kreunde van de pijn door de wond in zijn nek.

Hij wreef erover, keek Kristina woedend aan en smakte met zijn lippen.

Toen hij weer de bloedsomloop in zijn armen opmerkte, stond hij abrupt op en zag de kamerpot, liep naar hem toe en knoopte zijn gescheurde broek los.

Kristina in de ogen kijkend en ondanks haar afkeer en huivering, ledigde ze haar blaas voor haar neus, waarbij ze de spetters op haar schoenen en de onderkant van haar broek negeerde.

Ze hield zijn semi-slappe lid in haar hand en streelde het herhaaldelijk.

Trots schudde hij het toch al stijvere lid over zijn gezicht.

"Zuig, jij kleine hoer. Geef me wat je Mislavirov gegeven hebt. Doe het nu en doe het vrijuit, of ik duw het in je keel. Ik wil je lippen eromheen. Ik wil dat je me in je mond voelt. Doe het nu open. ! "

Hij deed de laatste dreigende stap in de richting van een uitdagende Kristina met grote ogen.

Net voordat zijn top haar mond raakte, spuugde ze het op en op zijn pik.

Stankov lachte slecht en wreef zijn speeksel over de punt.

'Weet je niet dat je het op die manier gemakkelijker voor me hebt gemaakt? Je bent een dwaas, Kristina.'

Stankov bleef er even over wrijven en bracht het toen weer naar zijn lippen.

Dit keer pakte hij haar haar en trok haar nek naar achteren.

"Doe je mond open voor God, of ik sla je eerst en dan neem ik met geweld wat ik van je wil!"

"Ga naar de hel Stankov. Ik zal je niet onderwerpen!" Kristina sprak voor het eerst sinds ze wakker werd.

Zijn stem was schor van de onderwerping van de nek de avond ervoor en van zijn snikken.

Stankov hield nog steeds haar haar vast, draaide het wreed om zijn hand en trok er nog meer aan.

Zijn lippen gingen ongewild open terwijl hij siste van de pijn.

Hij begon zijn mannelijkheid in haar mond te stoppen.

De extra walging, zijn weerzinwekkende geur, bleek te veel voor Kristina's rusteloze maag.

Ze kokhalsde haar, kokhalsde en zwaaide om over te geven.

Stankov, ongelovig in zijn ogen, liep snel weg, terwijl Kristina zwak voorover leunde om geen vlekken meer op haar kleren te maken.

Hijgend, één kant vasthoudend, wierp hij Stankov een moorddadige blik toe.

'Nu weerhoudt niets me ervan je mond te houden, meid.' Zei Stankov triomfantelijk en verheugd.

Het ene moment terugkomend op haar, het volgende moment sloeg ze tegen de muur en viel op de grond.

Stjepan stond ongeduldig over hem heen.

'Probeer haar nog een keer aan te raken, voordat ze klaar voor je is, en ik zal je vermoorden waar je staat of waar je je verstopt, Stankov. Je onbekwaamheid doet het nut teniet dat ik dacht dat je had. Blijf hier beneden zoals je bent of ik zal het doen vermoord je. Nu! Luister naar mijn woorden. Het is je laatste waarschuwing. '

Stjepan was schitterend in zijn woede, torenhoog boven de ineengedoken Stankov uit.

Zijn karamelkleurige ogen schoten vuur en zwavel.

Tevreden met zijn boodschap, wendde hij zich tot een uitdagende Kristina.

Hij was blij zijn vechtlust na de avond ervoor terug te zien keren.

Hij liep naar haar toe, stak een hand uit en hielp een behoedzame Kristina gracieus overeind.

'Mijn liefste, ik bied mijn excuses aan voor die eikel en voor de ellendige accommodatie. Hoezeer je ook voor mij een pion bent, ik heb manieren en ik zou niet graag zien dat je mishandeld wordt. Tenminste voorlopig en zolang je je eraan houdt mijn wensen. We zullen binnenkort naar mijn huis verhuizen, dit was niets meer dan een plek om uit te rusten en natuurlijk om Vladimir te ontwijken. Maar er is een badkuip in de aangrenzende kamer die je kunt gebruiken om te baden en ik zal Stankov je laten vinden iets te eten terwijl je baadt. Ik zal op mijn hoede zijn, vrees niet, hij zal je niet aanraken. '

Stjepan sprak zelfverzekerd en Kristina nam even de tijd om hem dankbaar aan te kijken, voordat ze zich herinnerde dat hij de reden was dat ze daar was.

Omdat ze praktisch was, nam ze zijn aanbod gracieus aan.

'Dank je. Ik zou graag in bad willen.'

Hij glimlachte en het veranderde zijn gezicht, waardoor zijn ascetische trekken veranderden in een man van warmte en charme, hoe kort het ook was.

Kristina ving een glimp op van hoe het geweest moet zijn op een ander moment in haar leven.

Hij maakte haar pols los en ze begon hem onmiddellijk voorzichtig voorzichtig over haar lichaam te wiegen, om te vermijden dat ze haar ergens mee zou slaan.

Met zijn hand in de hare nam hij haar mee naar de achterkamer en uit het zicht van Stankov.

* * *

Stankov was woedend!

Maar hij zou voorlopig voor de wensen van het schepsel buigen, totdat hij het uit dit land zou kunnen uitroeien.

Hij voelde zich niet langer ongemakkelijk om Markovic te ontmoeten en was van plan hem zo snel mogelijk te corrigeren.

Hij wankelde overeind en liep naar de deur, wetende dat als hij niet terugkwam met het eten, hij gedoemd zou zijn tot groot lijden, als er niets anders was.

HOOFDSTUK XXV

Stjepan was even met het bad bezig, en al snel vulde het stomende en rustgevende water de metalen badkuip.

Hij trok Kristina haar kleren uit met de belofte van nieuwe kleren en keek toe terwijl ze gracieus de badkamer binnenliep.

Hij had duidelijk gemaakt dat hij niet van plan was de kamer te verlaten en dat ze zich voorlopig geen zorgen meer kon maken.

Door naakt in het water te zinken, liet ze haar herstellende genezende krachten haar verder beïnvloeden.

Ze kreunde van verrukking en voelde haar spieren voor het eerst die dag ontspannen.

Ze leunde voorover in een poging haar haar helemaal nat te maken.

Verbaasd voelde ze Stjepans vingers op haar hoofdhuid terwijl hij haar aanmoedigde stil te blijven.

Daarna schonk hij kruik na kruik water over haar haar.

Ze pakte een geurfles met een mengsel van zeep en wilde bloemen en maakte al snel haar haar vast.

Zijn vingers voelden heerlijk aan tegen haar bonzende hoofd.

Al snel voelde ze alle pijn van haar wegvluchten.

Daarna spoelde hij zachtjes haar haar uit, hield haar haar boven haar hoofd, en zonder een woord tegen haar te zeggen tijdens het hele proces.

Hij deed een stap weg om haar privacy te geven terwijl ze doorging met haar bad.

Stjepan probeerde onbewogen te zijn, maar in het licht van de sporadisch aangestoken kaarsen in de kamer werden de schaduwen van zijn bewegingen weerspiegeld op de steriele muren.

Hij voelde dat zijn adem stokte en hij voelde een steek eronder.

Hij herinnerde zichzelf eraan dat dit niet de tijd was!

Je moet geduld hebben!

Hij kon zich geen fouten veroorloven, dus leed hij stilletjes.

Kristina was zich niet bewust van deze situatie.

Hij strekte langzaam een welgevormd kalf uit, genietend van de vrijheid om dat te kunnen doen.

Hij balanceerde haar op de rand van het bad en genoot van een milde zeep op haar in lange, circulerende massages.

Hij lette op elk deel van de badkamer, zodat Stjepans ongemak met elk voorbijgaand moment toenam.

Toen hij zich realiseerde dat hij zijn rug niet ver genoeg kon bereiken, stapte hij ondanks zijn twijfels dapper naar voren.

Ze pakte het stuk zeep van haar vingers, plotseling zenuwachtig, en concentreerde zich erop om haar ademhaling gelijkmatig te houden.

Ze leunde voorover en sloeg in verlegenheid haar armen over haar borst.

Stjepan vond het gebaar enigszins pittoresk na alles wat er was gebeurd en voor dezelfde situatie, maar zei nog steeds niets.

Hij was snel klaar en vertrouwde zichzelf niet te veel, vooral omdat zijn huid satijnzacht en soepel aanvoelde onder zijn toegewijde vingers.

Hij gaf het een laatste spoeling en dit keer deed hij sneller een stap achteruit.

Zijn vingers tintelden nog steeds van het zo intiem aanraken van haar en zijn geest gonsde van de mogelijkheden die hij snel van de hand wees.

Hij keerde haar de rug toe toen ze uit het bad opstond en reikte naar de handdoek die vlakbij was achtergelaten.

Hij luisterde naar haar bewegingen, stapte voorzichtig uit het bad, de kracht waarmee ze zich afdroogde, haar ademhaling, haar zachte gemiauw van genot terwijl ze schone kleren aantrok, allemaal bedoeld om hem op dat moment gek te maken.

Hij probeerde langzaam en gelijkmatig te ademen en schoof ongemakkelijk heen en weer.

Ze drukte haar nagels in haar handpalmen, de handpalmen jeukten omdat ze haar vlees er weer onder had.

Hij herzag zelfs zijn aanvalsplan tegen Vladimir, allemaal in de ijdele hoop zijn groeiende ijver uit te zenden.

Hij klemde zijn tanden op elkaar en stormde de kamer uit.

Kristina keek op, geschrokken van zijn snelle vertrek.

In de kamer ernaast hoorde hij iets tegen de muur slaan.

Zich afvragend over zijn uitbarsting, haastte ze zich om zich aan te kleden.

Het was een simpele boerenblouse en rok.

Er waren nog meer delicate kleren, onder de kleding die op het bed lag, waarvoor hij dichter bij zijn huid legde.

Ze sloeg kousen om haar benen en liet haar voeten in de stevige schoenen glijden die hij haar had nagelaten.

Ze zuchtte van opluchting om schoon te zijn en rolde haar haar uit om het te kammen.

Ze naderde het kleine vuur dat in de haard brandde en ging op haar knieën om de haarmassa te ontwarren.

Ze voelde hem nooit meer de kamer binnenkomen, totdat hij zijn hand over de hare legde om de borstel van haar vingers te verwijderen.

Hij werkte geduldig aan haar haar, beginnend bij de kruin en borstelend tot het einde.

Haar droge krullen pijnigden zijn knokkels, maar hij ging verder.

Stjepan was weer onder controle, maar nauwelijks.

Maar dit zou tot het einde worden gewijd.

Het einde was op dat moment onzeker, maar hij ontdekte dat hij ondanks de omstandigheden van hun gezelschap genoot.

Dat had hij niet verwacht, maar hij zou zijn tijd met haar leuk vinden.

Hij vergat zijn missie niet, maar zette haar even aan de kant en aaide haar herhaaldelijk.

HOOFDSTUK XXVI

Vladimir kwam uit de grond en vond snel enkele bosdieren om zijn dorst te lessen.

Het was niet waar hij naar hunkerde, maar hij had geen tijd om naar mensenvlees te zoeken.

Hoe hongerig hij ook was, hij kreeg amper genoeg te eten om door te gaan.

Zijn oren prikten bij geluiden die luider waren dan hij dacht dat het iets uit de natuur zou kunnen zijn.

Omdat hij dacht dat het een beer of een wild zwijn was, was hij blij Anđelko, Darija, Roko en een van de boeren die eerder die week bij Stankov waren geweest, voor de deur te zien staan.

Hij trok een wenkbrauw op, maar wachtte geduldig op zijn introductie.

Anđelko, die zijn behoefte voelde, ging snel naar haar meester om zichzelf aan hem aan te bieden.

Vladimir dronk wat hij kon van Anđelko en verzegelde snel haar vlees voor hem.

Goran was hier verbaasd over.

Hij voelde dat Vladimir nog niet klaar was en stapte dapper naar voren, in de hoop dat Vladimir hem niet zou uitputten.

Vladimir voelde haar onbehagen, maar nam het aanbod aan.

Zijn mond genoot terwijl de vloeistof op hem overging.

Hij stopte toen hij wist dat Goran alles had gegeven en liet zijn tong zachtjes over de wond glijden.

Goran liep opgelucht achteruit.

Hij was een beetje duizelig van de ervaring, maar hij ademde nog steeds soepel, hij leefde.

Vladimir voelde zich voldoende verzadigd om iets te zeggen.

Hij pakte Anđelko tegen zijn borst en omhelsde hem stevig.

'Mijn vriend, het is goed om je te zien en dat je op je benen staat en heelhuids. Je hebt je speurvaardigheden kunnen gebruiken en Darija en Roko meebrengen, een geniale inslag.'

Ze liet Aneasingelko los en aaide liefdevol elke wolfhond terwijl ze om beurten haar vingers likten met hun tong.

Roko sprong op uit genegenheid voor haar meester, Darija kwispelde met haar staart.

Anđelko knikte één keer bij zijn lof.

'Ik heb Goran meegebracht, aangezien hij ons wil helpen, meester. Hij weet iets van Stankovs geest en ik dacht dat het nuttig zou zijn hem als bondgenoot te hebben.'

Anđelko keek haar meester recht in de ogen terwijl ze dit zei.

Vladimir voelde een onderstroom van iets anders dat hij op dit moment niet kon identificeren, maar hij liet het voorbijgaan aan de behoefte om Kristina te vinden.

Hij wist dat Anđelko privé met hem zou praten als de eerste gelegenheid zich aandiende.

Hij knikte lichtjes in Gorans richting en accepteerde wat Anđelko zei.

Goran blies zijn onderdrukte adem uit.

'Goed. Laten we eens kijken wat we weten en dan ons plan van daaruit anders formuleren.'

Terwijl hij aan de slag ging, luisterde Vladimir eerst naar Anđelko en daarna naar Goran.

Toen ze eenmaal het gevoel hadden dat alle beschikbare informatie openlijk was uitgedrukt, dacht Vladimir even na.

'Oké. Ik veronderstel dat Stjepan en Stankov, als ze deze hut gebruiken waarover ze me vertelden, ze daar niet lang zullen blijven. Stankov weet dat Goran de plaats kent en dat hij Stjepan kent, hij zou niet het risico nemen lang te blijven. En deze is sluw en wil wraak. Het zal niet gemakkelijk zijn om te verrassen. Ik denk dat hij naar zijn fort zal gaan, maar het hebben van Stankov en Kristina zal hem vertragen. Dus gaan we naar het dorp Omiš. Hij heeft het voordeel van maar ik herinner me waar hij woont. "

Vladimir zei het laatste op dodelijke toon.

Het was duidelijk dat hij een confrontatie verwachtte met zijn voormalige vriend, nu vijand.

Hij haatte het dat Kristina erbij betrokken was, maar er was een oud account om uit te werken.

HOOFDSTUK XXVII

Stankov liep met tegenzin terug naar de hut.

Hij had een konijn gevangen en het gevild waar hij het had gedood.

Hij mompelde de hele tijd vervloekingen en bedacht manieren om van Markovic en Kristina af te komen.

Maar pas nadat ze heeft deelgenomen aan haar charmes, haar lichaam.

Hij was heel duidelijk dat Vladimir achter hem aan zou komen, maar hij zou haar hebben.

Ze had alles verpest met haar sluwe manieren en gejammer.

Hij kon niet eens naar huis terugkeren uit angst dat de dorpelingen tegen hem in opstand zouden komen en hij vervloekte Vladimir omdat hij zijn lot had bezegeld.

Maar hij zou zijn wraak nemen en het zou heel lief zijn.

Hij kwam de hut in het bos binnen en legde het konijn ondanks zijn vuile resten op tafel.

Ik zou het werk van een vrouw niet doen.

Ik zou Kristina het verdomde ding laten schoonmaken en grillen.

Hij stampte de kleine kamer binnen en ging door de deur naar de achterkamer.

Haar mond viel open toen ze zag dat Markovic klaar was met het borstelen van haar haar.

Hij spuugde vol walging, maar keek toe hoe zijn handen aan het werk waren.

Hij hoestte even voordat hij zich omdraaide.

Hij was nog niet klaar om de vampier te bevechten.

* * *

Nog meer mompelend deed hij precies wat hij zei dat hij niet zou doen, maakte het konijn schoon en begon het op het magere vuur te roosteren.

Al snel voegde Markovic zich bij hem, maar Kristina bleef liever in de achterkamer.

Stankov bromde.

Heks!

Ze komt er niet mee weg.

Hij maskeerde snel zijn gezicht en probeerde zijn gedachten te beschermen.

Hij had Markovic niet nodig om de omvang van zijn innerlijke gevoelens te kennen.

Helaas voor Stankov wist Stjepan precies welke vage gedachten door Stankovs hoofd gingen.

En hij had er een hekel aan.

Toen hij zijn plan heroverwoog, dacht hij dat hij Stankov misschien eerder dan gepland zou moeten afleggen.

Hoewel hij nog steeds van plan was de mooie Kristina voor zijn eigen doeleinden te gebruiken, voelde hij zich beschermend voor haar en begon Stankov een probleem te worden.

Op dat moment begon Stjepan met het plannen van de verdwijning van Stankov.

Er was geen gesprek tussen hen.

Stankov werd met elk moment ongemakkelijker en het kon Stjepan niet schelen.

Eindelijk was het konijn klaar en trok Stankov het er met een hebzuchtige blik uit.

Stjepan duwde haar hand weg en riep naar Kristina.

Hij kwam de kamer binnen met slechts een moment van aarzeling, omdat hij op de een of andere manier ontdekte dat hij Stjepan een beetje kon vertrouwen.

Hij had haar niet gestoord terwijl ze aan het baden was, hij had haar haar geborsteld en ze was dankbaar.

Ze liep de kamer door, zittend in de stoel die Stjepan had aangegeven.

Hij hield haar het dampende konijn voor en verontschuldigde zich dat ze de stukjes met de hand zou moeten verwijderen.

Ze kon niet weten dat hij nog een beleefdheid aan het doen was, want de geur van het gebakken konijn was weerzinwekkend voor hem.

Ze probeerde delicaat te zijn, maar ze had honger.

Ze at snel, het vet negerend, totdat ze vol was.

Stjepan gooide het stoffelijk overschot naar Stankov zodat hij het konijn kon opeten en afmaken.

Kristina keek even hulpeloos om zich heen naar iets om haar handen mee af te vegen.

Ze herinnerde zich haar kapotte kleren en stond op om er haar handen mee af te vegen.

Stankov nam de laatste grote hap en slikte deze door, nauwelijks kauwend.

Kristina kwam snel terug en ging naast Stjepan staan.

Toen Stankov klaar was, kondigde Stjepan aan dat het tijd was om te gaan.

Omdat er niets belangrijks te verzamelen was in de hut, vertrokken ze na het doven van het vuur.

* * *

Nog een keer op weg naar het huis van Stjepan, het weer was goed voor hen.

Ze reisden in een hoog tempo en bereikten snel een Goran-stal.

Stankov sloop naar binnen en duwde twee paarden in het nauw om hen op hun reis te helpen.

Hij trok ze eruit en Stjepan hielp Kristina overeind voordat hij achter haar opklom, Stankov aan zijn lot overlatend.

Ze zetten de paarden in een stevige galop en gingen weer op pad.

Stjepan was opgelucht snel te bewegen, maar was zich scherp bewust van de schoonheid die voor hem zat.

Hij hield lange tijd zijn adem in en weerstond de neiging haar zachtjes tegen zijn borst te duwen.

Net voor de weg naar Omiš was er een lage tak.

Mentaal opgegaan in het paard van Stankov, beval Stjepan hem om recht op de tak af te gaan en in een razend tempo.

Stankov verwachtte de uitbarsting van snelheid of de boomtak niet.

Ze botste tegen hem aan, viel onmiddellijk van het paard en sloeg hem bewusteloos.

Het gratis paard van zijn ruiter keerde onmiddellijk naar huis terug.

Stjepan hield Kristina onder controle en zette de mars voort.

HOOFDSTUK XXVIII

Vladimir en het bedrijf bereikten de verlaten hut.

Let op de recente tekenen van aanwezigheid erin, zoals de aanhoudende geuren van een vuur en de overblijfselen van gekookt konijn.

Toen ze door de hut liepen, vonden ze Kristina's afgedankte kleren en badwater.

Toen ze weggingen, zochten ze naar aanwijzingen in welke richting ze waren gegaan om er zeker van te zijn dat ze geen enkele richting misten.

Ze gingen verder naar het zuiden en volgden hen naar de schuur.

Ze waren er kapot van, want Goran had nog maar één paard over.

En net toen ze begonnen te wanhopen, kwam het paard dat uit de gevallen Stankov was gelopen naar de stal.

De zijkanten van zijn mond waren vol schuim, maar de mannen konden niet verwachten dat hij veel rust zou krijgen.

Goran aaide het paard, sprak in zijn oor en liet het even rusten.

Vervolgens overhandigde hij het paard van de stal aan Vladimir en ze bestegen snel beide paarden, terwijl Darija en Roko naast hen renden.

Anđelko en Goran deelden het paard dat was teruggekeerd, terwijl Vladimir op het koelere paard zat, dat in de stal was, voor het geval hij zijn vijand snel moest achtervolgen.

Ze kwamen al snel de bewusteloze Stankov tegen.

Ze keken ernaar en spoorden hun paarden aan.

Vladimir nam afscheid van hen met Darija en Roko.

Het overwerkte paard van Anđelko en Goran kwam eindelijk uitgeput tot stilstand.

Ze keken even naar de vermoeide gestalte van het paard en bonden hem vast aan een boom naast een beek, die zoet water en gras had, zodat hij zou herstellen.

Daarna vervolgden ze hem te voet.

ZES DEEL
KATARINA

HOOFDSTUK XXIX

Stjepan bracht het bevende en uitgeputte paard tot stilstand voor zijn imposante landhuis.

Het paard snoof wild.

Zijn adem was duidelijk zichtbaar in de ijskoude nachtlucht en schudde zijn manen van walging omdat hij die nacht nog steeds buiten was.

Stjepan sprong van zijn rug en hield Kristina in zijn armen, op weg naar het open portaal.

Gabrijel wachtte daar op zijn Meester.

Kristina's gezicht werd tegen zijn lichaam gedrukt waardoor haar keel bloot kwam te liggen en haar korte kloppen uit de ader in haar nek leidde hem af.

Warme ranken van verlangen raasden door haar aderen, verwarmden haar bloed en verzamelden zich in de kern van haar wezen.

Wat wilde hij dat ze haar lippen daar één keer perste.

Maar hij wist dat het zelfs dan niet genoeg zou zijn.

Het was lang geleden dat hij de intieme delen van iemand als zij had gevoeld.

O, wat wenste hij dat hij haar eerder had gevonden dan Mislavirov!

Over al dit verdomde geluk klaagde hij gefrustreerd.

'Gabrijel! Houd de deur gesloten maar niet op slot en bereid je voor op de aanstaande komst van Mislavirov! Ik ga dit lieftallige wezen in huis deponeren en ga snel terug. En alsjeblieft voor het paard zorgen. Het is een goede rijdier.'

Stjepan begaf zich naar zijn studeerkamer die uitkeek op de imposante ingang.

Hij zette Kristina op een pluchen stoel en zette de slanke pop die ze beschermde naast het vuur.

Voorzichtig legde hij een kleine deken over haar trillende lichaam.

Hij deed een stap achteruit en maskeerde het scherpe verlangen dat ze weer wakker had geschud.

Ze keek hem verward en smekend aan.

'Het spijt me, mijn lieve Kristina. Ik kan je niet meer bijwonen of huisvesten. Ik zal Helena wat water en wijn sturen. Probeer alsjeblieft op mijn gemak te zijn tijdens mijn afwezigheid. Ik kom zo weer terug.'

Fluisterde Stjepan terwijl ze het haar van haar gezicht streek en met een vinger over haar zachte wang streek.

Hij draaide zich abrupt om en hield de deur naar de gang open, haar verbaasd en meer dan een beetje verbaasd achterlatend.

Verrast door zijn gedachten, leunde ze achterover om na te denken over zijn bedoeling.

Hij ontdekte dat hij de man, ondanks de omstandigheden, aardig vond.

Hij had haar bang gemaakt, ja, maar ook beschermd, en voor haar gezorgd en ze begon te geloven dat hij geen instinct had om haar pijn te doen.

Haar verbijstering was dat ze van Vladimir hield; daar bestond geen twijfel over of waar zijn loyaliteit lag.

Maar geen van hen wilde haar pijn doen.

Ze was in grote verwarring over alle gebeurtenissen die zich zo kort geleden hadden voorgedaan.

Ze wilde het gevoel even nutteloos vergeten, maar toen wachtte ze af.

Hij kon niets anders doen, hoe graag hij ook wenste dat het anders was.

Hij probeerde zich alle acties te herinneren die sinds gisteren hadden plaatsgevonden.

En hoezeer hij ook probeerde om gevoelens van onbehagen voor Stjepan af te weren, er waren er geen.

Ondanks hun eerste ontmoeting met en onderwerping aan de ketting, had hij haar tegen Stankov beschermd, en daarvoor was ze dankbaar.

Ze wist dat hij dat niet hoefde, maar hij had het toch gedaan.

En hij had zich eervol jegens haar gedragen.

Hij knabbelde onbewust aan zijn onderlip en ving details op.

Het was een oefening geweest die Vladimir met haar had gedaan om haar meer bewust te maken van haar omgeving.

Aanvankelijk waren het kleine instellingen geweest, maar vóór haar gevangenschap had ze met grotere instellingen gewerkt.

Dat was een van de redenen waarom ze Anđelko ervan overtuigde haar naar de open plek te brengen.

Ze had Vladimir willen verrassen met haar praktijk.

Maar het heeft geen zin om na te denken over wat niet kan worden veranderd.

Hij hoopte alleen dat hij een vrede tussen hen beiden zou kunnen bereiken.

De studeerkamer waar ze hem had achtergelaten, was elegant ingericht en beviel de man goed.

Het donkere kersenhout vormde sterke lijsten en kronen.

De achterkant van de kamer was gedecoreerd in gedempt mosgroen en werd onderbroken door boekenplanken langs de muren.

De schoorsteenmantel boven de open haard was roomwit waarop twee kroonluchters met hun vrolijke licht rustten.

Een portret van wie Đurđa moet zijn gesierd aan de muur voor haar kersenhouten bureau, waar een opengeslagen boek lag.

En op de portretfoto hield ze een boeket wilde bloemen vast, haar haar viel om haar heen en met een blik van verwondering in haar ogen terwijl ze naar Kristina glimlachte.

Heel jong en heel levendig.

Kristina zuchtte nu met grote kennis van haar aandeel in het verdriet dat hier was overkomen sinds het verlies van zo'n charmant en vol leven als zij.

Stjepan leek maar de helft van zijn leven in het heden te leven, verwikkeld in zijn verdriet om het verleden.

Een lichte klop op de open deur en een bediende kwam binnen.

Haar wangen waren appelvormig en ze glimlachte aarzelend, haar zachtblauwe ogen waren vriendelijk.

Ze liep een beetje mank terwijl ze liep en om haar brede middel zat een schort vastgebonden.

Hij liep voorzichtig naar Kristina toe en zette een dienblad met drankjes binnen handbereik.

Ze maakte een buiging en liep snel weg toen Kristina sprak.

'Dank je. Helena, toch?'

"Ja, juffrouw. Ik ben."

'Helena, ga alsjeblieft bij het vuur zitten. Ik wil dat je even met me praat.'

Kristina dacht erover om meer over Stjepan te weten te komen, in de hoop een kans te vinden die ze kon gebruiken om een ramp te voorkomen.

Het comfort van haar huis dat ze in gedachten opsomde en meer van haar persoonlijkheid en houding was waar ze nu naar op zoek was.

Hij probeerde al zijn zintuigen te gebruiken om een duidelijker beeld te krijgen van deze gekwelde man en de pijn waarmee hij worstelde.

Zijn vriendelijkheid jegens haar stond in schril contrast met zijn bittere gevoelens jegens Vladimir.

Hij verlangde ernaar meer te weten over wat er gebeurde in die noodlottige nacht die de dood van Đurđa en de kloof tussen de duistere wezens veroorzaakte.

Helena keek haar behoedzaam aan.

"Maar juffrouw, ik kan dit niet doen."

'Alsjeblieft Helena. Ik ben moe en wil graag met een vrouw praten. Ik wil je geen pijn doen of je kwaad doen. Maar ik zou je gezelschap op prijs stellen,' smeekte Kristina.

'Heel goed, juffrouw. Maar geen trucjes.' Helena zat onhandig in Kristina's passagiersstoel.

Ontzet keek hij naar de blauwe plek op zijn pols, maar zei er niets over.

De wegen van haar Meester blijven zelfs na al die jaren zo mysterieus voor haar.

Ze sloeg een kruis in een stil pleidooi voor hem om goed beschermd te worden tijdens zijn zoektocht.

"Geen trucjes Helena. En noem me alsjeblieft Kristina. Bedankt dat je bij me komt, want ik weet dat je het druk hebt. Ik heb in lange tijd geen goed gesprek gehad met een vrouw en ik heb haar erg gemist. Jij wel lang geleden voor Conde Stjepan gewerkt?

"Juffrouw Kristina, Gabrijel en ik zijn twintig jaar geleden kort na ons huwelijk aangekomen. De leraar is goed en aardig voor ons en we dienen hem zo goed mogelijk." Helena blafte op toen ze dit zei.

Ze aarzelde om meer te zeggen, maar voelde zich aangetrokken tot de mooie jonge vrouw die zo trots voor haar zat, zelfs in zo'n wanhopige situatie.

Er was een vuur en een passie in Kristina die haar deed denken aan haar enige dochter, Katarina.

'Heb je kinderen, Helena? Het spijt me als dat persoonlijk is, als je me vertelt dat het zo is, zal ik niet meer vragen.'

Kristina probeerde een manier te vinden om het gesprek dat ze eigenlijk met de verlegen Helena wilde voeren, te vergemakkelijken.

Helena's gezicht klaarde nog meer op.

"Ja, ik heb een dochter, Katarina. Ze zit op school, omdat de lerares erop stond dat ze moest gaan. Hij zegt dat ze slim is en dat haar geest daardoor krachtiger zou worden. Ik mis haar verschrikkelijk. Maar ik weet dat het voor het beste. voor haar. De leraar weet het. Hij heeft haar nooit pijn gedaan en wil alleen het beste voor haar, hij houdt van haar. Maar binnenkort zal ze voor altijd thuis zijn, totdat ze getrouwd is. "

Kristina dacht na over deze informatie en had het gevoel dat ze haar kans had gevonden.

'Je zegt dat graaf Stjepan van haar houdt?'

Helena besefte dat ze zich had misdragen, maar het was te laat om dit nog te corrigeren.

Hij stond stijf op, maakte een buiging voor Kristina en verliet abrupt de kamer.

Helena verwachtte een ontmoeting tussen haar Katarina en graaf Stjepan, omdat ze wist dat ze voor elkaar waren gemaakt.

Ze waren voor iedereen een opvallend stel.

Stjepans ogen volgden Katarina's bewegingen als ze niet keek.

Maar ze was zich niet bewust van zijn gedachten en Katarina zou een wilskrachtig meisje kunnen zijn.

Ze haastte zich de kamer uit en bad dat Stjepan deze nacht van chaos en onrust zou overleven, want Katarina zou snel thuis zijn en dan zien wat er te zien was.

Kristina had spijt van Helena's terugtrekking, maar dit was zeker informatie die de moeite waard was om haar op te concentreren.

Ze wist niet zeker of ze het recht had om het te gebruiken, maar misschien ...

Hij ontspande zijn schouders op het kussen van de stoel en overwoog wat hij met deze nieuwe kennis kon doen.

HOOFDSTUK XXX

Stjepan bewoog zich gracieus na een snelle duik, ook al wist hij dat de situatie snel explosief zou worden.

Het had even tijd gekost om na te denken over wat hij van plan was.

Zijn spontane gedachten over Kristina's schoonheid hadden hem ertoe gebracht concessies te doen die dodelijke gevolgen voor hem konden hebben.

Hij had tijd nodig om zijn gedachten samen te voegen en zijn doelen voor ogen te houden.

En hij voelde een steek van wroeging omdat hij zo door haar was aangeraakt toen hij wist dat zijn Katarina naar hem terugging.

Ze wist het nog steeds niet, maar hij was van plan naar voren te komen en hoopte dat ze het zou accepteren.

Nu stond hij versteld van zijn reactie op Kristina.

Alsof ik meer hoofdpijn nodig heb.

Verdomme!

Ze trok een strakke rijbroek aan met gepoetste kniehoge laarzen en vervolgens een wit overhemd, open bij de hals, met vallende kant aan de voorkant.

Hij nam niet de moeite met een vest of jas, maar nam in plaats daarvan het zwaard en bond de schede opzij.

Ze bond haar haar achteloos vast met een hemelsblauw fluwelen lint.

Het was Đurđa's lievelingskleur geweest en op de een of andere manier voelde hij zich dichter bij haar.

Hij was diepbedroefd over het verlies van het medaillon en zou na een gesprek met Vladimir terugkeren naar de open plek om het te zoeken.

Hij verliet de kamer en ging naar Gabrijel en de voorbereidingen die ze hadden besproken voordat hij zijn kamer binnenging.

Toen hij weer bij de ingang kwam, keek hij tevreden om zich heen.

Ze wilde Vladimir al heel lang naar haar huis lokken.

Er waren dus geen planken gebruikt om de ramen te bedekken en de voordeur was ontgrendeld.

De voorbereidingen voor een diner waren rond.

Ze was van plan om goed en genereus te dineren als ze eenmaal met hem had geruzied.

En Stjepan hoopte Vladimir meer uit balans te houden door schijnbaar weinig gestoord en zeer zorgeloos te houden.

Met trillende lippen wachtte hij op zijn verwachte gast.

HOOFDSTUK XXXI

Vladimir stopte het paard op korte afstand van het huis van Markovic.

Hij wist dat er aan beide kanten een duikvlucht in de ruwe zee beneden was, dus zijn nadering moest van voren of vanaf de rechterkant van de ingang zijn.

Herinneringen overspoelden opnieuw zijn gedachten van hun eerdere vriendschap terwijl hij probeerde zich de binnenkant van het huis te herinneren ...

Honderd jaar geleden ...

De twee vrienden stormden door de voordeur en omhelsden elkaars ruggen.

De race die buiten het Stjepan-landhuis was geëindigd, was een gelijkspel geweest.

Ze lachten en wisselden grove grappen uit, zoals goede vrienden dat gewoonlijk doen.

Ze kwamen terug van een nacht vol moeilijkheden en waren twee schoonheden tegengekomen die aan hun behoefte aan wat goud en wat eten hadden voldaan.

Ze beseften niet dat ze ook een deel van het bloed van hun leven hadden gegeven om de twee vampiers te voeden.

Toen ze de leeftijd van vijfentwintig bereikten, voelden ze dat de wereld van hen was.

En ze waren nog steeds aan het bijkomen van hun ervaringen van zes maanden geleden.

Op dat moment vond een oudere vampier ze op een soortgelijke avond.

En hij had ze zijn eigen gemaakt.

Omdat ze bang waren voor hun leven, waren ze dankbaar dat ze bleven ademen.

En omdat ze jong waren, waren ze nog niet klaar met het zaaien van wilde zaden.

Vladimir glimlachte toegeeflijk bij deze herinneringen, maar moest zich concentreren op recentere gebeurtenissen.

Diep zuchtend keerde hij terug naar de tijd een paar maanden voor Đurđa's dood.

Negentig jaar geleden ...

Vladimir was door Stjepan uitgenodigd om hen te bezoeken.

De twee vrienden hadden elkaar al twee jaar niet gezien, beiden waren bezig met hun zaken en leerden meer over de oude kunst van het vampirisme.

Beiden hadden een tijdlang toezicht gehouden op elkaars eigendommen terwijl ze onder de voogdij stonden van hun meester, Mihael, en nu moesten ze hun vriendschap hernieuwen en de terugkeer van Đurđa, de zus van Stjepan, vieren.

Hij was de afgelopen twaalf jaar niet op school geweest.

De laatste keer dat Vladimir haar had gezien, was ze nog maar een kind.

Maar hij herinnerde zich haar alsof het gisteren was.

Ze volgde hen als een puppy, als ze het haar toelieten.

Allemaal vóór hun respectieve transformaties, dus er was bezorgdheid over hun ontvankelijkheid voor hen beiden.

Đurđa was negen jaar oud in het jaar dat ze elkaar ontmoetten.

Een laat huwelijk voor Stjepans vader had haar voortgebracht.

Ze had melkachtig blond haar en een heel mooie glimlach.

Op de laatste dag voordat ze naar school ging, had ze haar voornemen aangekondigd om met Vladimir te trouwen, om haar lachend, maar niet die van haar.

Hij had een rustige en serieuze uitdrukking gehad toen hij het zei.

Vladimir was heel voorzichtig geweest, boog zich over haar hand en bedankte haar voor het compliment.

Toen was hij in het huis verdwenen, om nooit meer te worden gezien totdat ze weg was.

Hij stond te popelen om de jonge vrouw te zien die ze was geworden.

Hij hoopte dat ze een voorbijgaande fantasie voor hem had overwonnen.

Hij beklom de trap, hief de klopper tweemaal op en wachtte geduldig tot hij openging.

Hij werd al snel geïntroduceerd door de butler van Stjepan.

Hij overhandigde zijn handschoenen en hoed en deed zijn jas uit toen hij een zacht geluid hoorde op de trap van de trap.

Toen ze naar het zachte geluid keek, stopte haar hart even met kloppen.

Langzaam bewegend daalde het mooiste wezen dat hij ooit had gezien naar hem toe.

Haar haar was slim gearrangeerd om de vorm van haar zwanenhals bloot te leggen, haar levendige sherryogen waren op het zijne gericht en haar lippen kromden zich in een verlegen glimlach.

Ze was elegant gekleed in een sprankelende jurk van het lichtste botergele die haar middel dichtknelde en het bovenste deel van haar borst bloot liet aan zijn feestelijke ogen, met kleine pantoffels die haar voeten sieren en bij elke afdaling een enkel enkelje laten zien.

Vladimir stak een vinger op om zijn ketting aan te passen, het enige teken dat hij gestoord was door haar schoonheid en door de onverwachte golf van verlangen naar de zus van zijn vriend.

Hij schraapte zijn keel in een poging de controle terug te krijgen.

Ze gleed naar hem toe en spreidde haar vingers, die hij opgewekt kneep en snel naar zijn lippen bracht.

Đurđa lachte en herinnerde zich dat dit het laatste gebaar was dat ze hem liet zien toen ze negen jaar oud was.

Ze spreidde haar lippen bij het blote borstelen van zijn lippen tegen haar vlees en wachtte tot hij klaar was met zijn buiging.

'Đurđa, je ziet er prachtig uit. En er is geen teken te zien dat de ondeugende imp ons achterna zit. Goed je te zien.'

'Mijn beste graaf Vladimir, ik ben dat meisje niet meer. Ik hoop verfijnder te zijn dan dat.'

Zijn muzikale stem bereikte zijn oren en hij verwelkomde hem.

Hij voelde een knoop in zijn borst door de simpele aanraking van zijn vingers op de hare.

'Kom naar de studeerkamer. Stjepan zei dat hij even bij ons zou komen. In mijn ongeduld verliet ik hem om Helena instructies voor het avondeten te geven.'

Vladimir was bereid haar de studeerkamer in te volgen, voorzichtig om zijn ogen op haar nek te houden en niet op haar heupen, maar het was moeilijk.

Hij verstelde zijn nek weer.

Đurđa draaide zich onverwachts om en wierp zich in Vladimirs armen.

Hij had geen andere keuze dan haar te vangen.

Ze draaide haar gezicht naar zijn schouder en omhelsde hem stevig.

Vladimir voelde de omtrek van haar lichaam tegen het zijne drukken, en hij wist dat het onuitwisbaar in zijn geest was gedrukt.

Hij haalde voorzichtig haar armen van haar nek nadat hij haar kort had vastgehouden en haar weer voor hem had neergezet.

'Ik heb je gemist, Vladimir! Ik weet dat dat meedogenloos en vrouwelijk is, maar het is waar. Ik heb de tijd getikt totdat we elkaar weer ontmoetten. Het spijt me!'

Hij bedekte zijn mond en deed een stap achteruit.

'Sorry, Đurđa. Ik ... heb jou ook gemist. Ik had me niet gerealiseerd hoeveel.'

Vladimir was verrast om zichzelf dit te horen zeggen, omdat hij iets heel anders wilde zeggen.

Hij wilde het niet terugtrekken, vooral niet als zijn ogen nog meer oplichtten en zijn lippen weer uit elkaar gingen.

Galant liet hij zijn kleine hand in de holte van haar elleboog glijden en legde haar achterover op een kleine bank.

Hij nam een kleine snack, kwam weer naast haar staan en boog zich voorover terwijl hij het haar aanreikte.

Stjepan sloot zich toen bij hen aan, op zichzelf al duivels knap.

Ze babbelden een tijdje tot het tijd was voor het avondeten.

Dus verhuisden ze naar de eetkamer en bleven ze samenleven.

Stjepan stond perplex door de onderstromen en de blikken tussen zijn zus en haar vriend, maar schreef het toe aan hun hernieuwde hereniging.

Later die avond was hij perplex toen hij besefte dat hij getuige was van hoe ze aan tafel verliefd werden.

In de dagen die volgden, gaf Stjepan hun zijn zegeningen.

Vladimir en nieuwkomer Đurđa hadden maar een week samen in hun huis gewoond voordat de tragedie toesloeg.

En Vladimir had Stjepan, met zijn beloften van vergelding, sinds die vreselijke nacht niet meer gezien.

HOOFDSTUK XXXII

In gedachten had Vladimir het huis opnieuw bezocht door middel van wat er in zijn herinneringen was.

Hij was bereid Kristina te gaan redden.

Wetende dat Stjepan zou wachten, begaf hij zich naar de voordeur en schopte ertegen, in een explosie van bovennatuurlijke kracht.

Stjepan stond aan de andere kant van de ingang, niet in het minst opgeschrikt door zijn krachtige ingang.

Kristina was daar ook heen gebracht met een zachte doek voor haar mond.

Zijn ogen waren enorm en ze trokken aan Vladimir's toen hij haar daar vastgebonden zag, ervan dronken bij het zien van haar liefde in de klauwen van de demon.

'Je bent welbekend, Vladimir. Het is goed dat je je bij ons aansluit.'

Plagend maakte Stjepan een lichte buiging, zonder zijn ogen van Vladimir af te wenden.

Zijn hand zweefde over het zwaard en raakte het niet aan.

Zijn spiegelbeeld wierp schaduwen op de muur, vrolijk dansend met de verlichte gang.

"Stjepan! Ik zweer bij alles wat heilig is dat als je een haar op Kristina's hoofd hebt beschadigd ..."

Ondanks zijn emoties bij de confrontatie met zijn oude vriend, was Vladimir briljant in zijn bevalling, een dodelijke noot die duidelijk te zien was in zijn toespraak.

Hij raakte de ketting aan, liet hem tussen zijn vingers glijden en zorgde ervoor dat Stjepan hem daar zag.

Rolde zich om haar vingers, streelde het fluweel en plaagde in ruil daarvoor.

Stjepan deed zich voor als onaangedaan toen hij de bekende schat zag en zijn woede onverbiddelijk onderdrukte. Hij haalde gewoon zijn schouders op.

'Mijn lieve Vladimir, kom. Mijn minachting en mijn woede zijn voor jou weggelegd, niet voor dit lieve lieve meisje. Ik moet je zeggen dat haar vlees sappig, flexibel en erg lekker is.'

Stjepan haalde een schijnbaar onzorgvuldige hand door Kristina's lokken.

Kristina schrok van zijn opmerking en probeerde de onjuistheid van zijn woorden op Vladimir te projecteren.

Woedend vloog Vladimir naar Stjepan, die gebruik maakte van de lucht die op hem afkwam voor zijn snelle wraak.

Ze stonden tegenover elkaar in het midden van de kamer en vochten hand aan hand.

Het lijkt erop dat ze hun zwaarden bijna waren vergeten toen ze elkaar aanvielen met bittere woede, met uitgestrekte klauwen.

Ze sloten zich voor wat leek op uren in elkaar vast, geen centimeter toegegeven, beiden hielden hun wrok vast en voedden hun haat met het contact.

Met gesis en gegrom knaagden ze aan de koude plaat van wraak met vurige hartstochten aangewakkerd door heftigheid.

Terwijl hij Stjepan vasthield, drukte Vladimir de hiel van zijn hand tegen de kin van zijn tegenstander, hard maar langzaam, en dwong zijn hoofd naar achteren om haar op afstand te houden.

Wetende dat Stjepan gemakkelijk zijn vlees kon scheuren met zijn tanden, waardoor dit gevecht snel werd beëindigd.

Stjepan pakte abrupt haar keel en balde haar gebalde vuist stevig tegen haar buik.

Hij stuurde de man zeilend door de lucht, waar hij met een indrukwekkende klap aan de andere kant van de entree belandde.

De kamer donderde van de resonerende kracht van de inslag.

De muur waartegen hij was geland, schudde.

Een scheur ging diagonaal open van de basis naar het plafond.

Even stomverbaasd schrok Vladimir toen hij opstond van de vloer waar hij was gezonken.

Hij werd plotseling weer geraakt en werd opnieuw tegen de muur gedrukt, vergezeld van een boos gegrom van Stjepan.

De twee hervatten hun gevecht opnieuw.

Klap na klap scheurde door vlees dat langzaam genas naarmate het gevecht vorderde.

Stjepan had een bloederige lip en Vladimir had een snee in zijn oog.

Kristina spande zich tegen haar boeien en probeerde verwoed de doek uit haar mond te trekken.

Ze had hem nu bijna vrij.

Ze huiverde toen ze zag dat ze nog meer klappen op het lichaam uitwisselden.

Ze wenste meer kracht door alle krachtreserves die ze in haar had te gebruiken.

Gabrijel en Helena keken toe vanuit de eetkamerdeur, roerloos en uit de weg.

Op dat moment stormden Aningelko en Goran door de deur naar binnen met een meisje op sleeptouw.

Ze stopten allemaal in een oogwenk bij wat er vóór hen gebeurde.

Het kleine meisje tilde de kap van haar cape op en onthulde watervallen van koperhaar en heldere, vragende groene ogen, ogen die overeenkwamen met de portretten op de muren van Stjepans studeerkamer.

Gabrijel en Helena slaakte een vreugdegeroep toen ze haar zagen.

Ze verlieten hun post en haastten zich om haar met hun lichamen te omhelzen, en ze spraken allemaal enthousiast.

Vladimir en Stjepan realiseerden zich niet dat ze zo gevangen zaten tussen hun rivaliteit en concentratie.

Op dat moment slaagde Kristina erin haar mond los te maken.

Ze haalde diep adem en schreeuwde tegelijk met het meisje, dat bij het ontvangen van de omhelzing van haar ouders verrast werd door het tafereel dat zich voor haar afspeelde.

"Vladimir!" Kristina schreeuwde uit volle borst uit haar longen.

"Stjepan!" Katarina smeekte hem en worstelde om aan de greep van haar ouders te ontsnappen.

Beide vampiers waren verbluft door de kracht van hun gecombineerde longcapaciteit en onverwachte spraak.

Onzichtbare krachten dwongen hen om uit elkaar te gaan en naar de vrouwen te zoeken.

Stjepan liep met indrukwekkende snelheid de gang door om Katarina in een ontmoedigende berenknuffel te vangen.

Ze gaf het met evenveel enthousiasme terug.

Vladimir ving Kristina's gezicht in zijn handen en bracht zijn lippen naar het hare in een lange, hartstochtelijke kus.

Toen hij het eindelijk verbrak, zocht hij haar ogen naar de waarheid en vond die daar, terwijl hij de zijne even van opluchting sloot.

Hij wist dat Stjepan haar geen kwaad had gedaan.

Hij bevrijdde haar uit haar slavernij en trok haar dicht tegen zijn lichaam aan om haar vast te houden.

Ze sloeg haar armen om zijn nek, dankbaar dat hij eindelijk weer bij haar was.

Terwijl hij de anderen toesprak met Kristina strak tegen zijn zij gewikkeld, bekeek hij de scène voor hem.

Wetende dat dit nog niet voorbij was; Hij liep ze voorzichtig naar de groep bij de deur.

Stjepan keek op en hield zijn mooie meisje in zijn armen.

Hij beefde van de strijd en van het zien van Katarina.

Hij keek naar de beweging van Vladimir, maar maakte geen boze beweging naar hem toe.

Diep zuchtend en met zijn vingers door zijn haar, wachtte hij op de volgende brand, maar het gevecht en de behoefte aan wraak hadden zijn lichaam verlaten.

Hij wist wat hij in zijn armen had en hij vond het vreselijk haar te laten gaan, omdat ze de zijne leek te zijn.

Alle resterende effecten die Kristina op hem onder de knie had, werden op magische wijze overgedragen op de vurige schoonheid die nu wist dat ze echt haar hart had verloren.

Zwijgend wuifde hij met zijn hand naar de eettafel die hij had klaargemaakt.

Hij was tenslotte een gracieuze gastheer.

ZEVENDE DEEL
STANKOV

127

HOOFDSTUK XXXIII

Stankov bewoog langzaam elk ledemaat van zijn lichaam, waardoor een stortvloed van ongemak wakker werd.

Hij had pijn in zijn hoofd en woede in zijn hart.

Het kostte hem een tijdje om uit de koude grond op te staan.

Ze boog zich voorover op haar knieën en probeerde op adem te komen terwijl de koude nachtlucht door haar ziel scheurde, en ze gromde moeizaam.

Omdat hij ondanks zijn bravoure eerder deze week meer soldaat dan leider was, wist hij dat hij zorgvuldig over zijn keuzes moest nadenken.

Als Stjepan Vladimir vernietigt, hoeft hij alleen het hart van een vampier te vernietigen en het omgekeerde is ook geldig.

Hij bewoog zwaar.

En oh, zijn hoofd deed pijn, hij had tranen in zijn ogen van deze last en hij rilde van de kou en het vocht.

Die kleine hoer had veel te verantwoorden en hij zou haar de juiste antwoorden leren.

Hij kon niet lachen om zijn onzedelijke gedachten vanwege zijn bittere ellende, dus begon hij naar Markovic's landhuis te sjokken.

HOOFDSTUK XXXIV

Terwijl ze elkaar omhelsden, zwaaide Kristina tegen Vladimirs zijde.

Hij verstevigde onmiddellijk zijn greep op haar, dwong haar stilletjes zo te blijven en gromde zachtjes naar haar voorhoofd.

Hij deed dat niet met afkeer van wat er was gebeurd, maar met de wanhopige behoefte haar vast te houden.

Hij kon het niet helpen, maar dacht dat hij haar bijna had verloren, dus hield hij stand.

Hij zou er kapot van zijn als ze ooit echt voor hem verloren was.

Vladimir was nog lang niet klaar met Stjepan, maar dat kon wachten.

Kristina's comfort en veiligheid waren de belangrijkste gedachten in haar hoofd.

'Mijn heer Stjepan, als ik mezelf zou kunnen opfrissen voordat we elkaar aan tafel ontmoeten, zou ik dankbaar zijn.' Kristina probeerde respectvol te zijn voor beide mannen door dit te zeggen.

In de hoop door uw verzoek geen vijandigheid te veroorzaken.

Hij voelde haar adem tot zijn longen inhalen.

Vladimir kromp ineen bij zijn beleefdheid en gebrek aan woede over de situatie.

Ik was niet zo geïntimideerd.

Hij evalueerde echter haastig de scène in zijn hoofd.

Voorlopig zou hij zijn tijd moeten afwachten, besloot hij.

Maar niet veel.

Hij had tot nu toe gewacht om erachter te komen wat er die vreselijke nacht echt met Đur terriblea was gebeurd, en hij zou antwoorden krijgen.

Hij kon het zich niet veroorloven nog langer te wachten.

Hij had de verzoening of schuld voor zijn dood nodig, maar niet dit ongewisse.

Dus het zou vanavond op de een of andere manier worden opgelost.

Dan zou Stjepan instaan voor de terreur die hij zijn dierbare Kristina had veroorzaakt, wat was beloofd.

Katarina heeft Kristina gedetacheerd met het verzoek om zich ook op te frissen.

Met tegenzin, omdat hij geen afstand van haar wilde doen, stond Stjepan hem dat toe, maar niet voordat hij haar op de tempel kuste.

Hij was zich ervan bewust dat hij haar misschien nog steeds zou missen als hij niet oppast.

Daarom reageerde hij traag op haar verzoek, omdat hij niet wilde dat dit de laatste keer was dat hij haar in zijn armen hield.

Katarina huiverde toen ze het poetsen van zijn lippen waardeerde, ondanks haar inspanningen om afstandelijk te blijven, omdat ze nog niet klaar was om haar gevoelens voor Stjepan te delen.

Een punt dat betwistbaar was omdat ze volhardde in de comfort van zijn armen.

Hij wendde zich af van Stjepan en knikte naar Kristina, leidde haar naar een logeerkamer zodat ze zich konden opfrissen en misschien konden praten.

De rest van de groep ging stilletjes naar de eetkamer en wachtte op zijn terugkeer.

Er volgde een ongemakkelijke wapenstilstand tussen Vladimir en Stjepan terwijl ze door de kamer dwaalden en elkaar uit de weg bleven.

Meerdere gedachten tierden hoogtij in de hoofden van de vampiers, waardoor ze allebei zachtjes afkeurend mompelden.

Vladimir liep naar het raam om blindelings in de duisternis van de nacht te staren, zich afvragend waar al zijn woede was gebleven.

Hij merkte dat hij voor het eerst serieus nadacht of hij en Stjepan hun verschillen konden oplossen.

Maar hij hield deze gedachten voor zichzelf.

Stjepan stopte bij de tafel om wat druiven te pakken.

Peinzend kauwend stond hij roerloos, stil, in zichzelf peinzend.

De wervelende draaikolk van emoties die hij had veroorzaakt, veroorzaakte een kortstondige pijn in zijn hoofd.

Of hij zijn resterende woede moet vasthouden of de mogelijkheid moet accepteren dat Katarina en haar liefde in zijn gedachten vechten voor de heerschappij.

Hij stak een hand op om over de achterkant van zijn nek te wrijven, probeerde de druk te verminderen en kneep toen in de brug van zijn neus.

Eindelijk loste het begrip op.

Hij hoefde hierin niet alleen te zijn, dat was zijn keuze.

Om de koude troost te bewaren van zijn woede die zo lang zijn leven had beheerst, of om de warmte en vreugde te vinden van het feit dat hij in Katarina's armen lag.

De gecombineerde impact die Kristina en Katarina op hen hadden, was diepgaand en niet fatsoenlijk voor hun respectieve liefdes, ze zouden elkaar voorzichtig blijven omringen, elkaar woedend aankijken, maar zouden afzien van verder geweld tot hun terugkeer.

Omdat ze de ander geen cent of voordeel wilden geven, wachtten ze.

Ze waren allemaal nieuwsgierig naar wat er zou komen, maar voorlopig zouden ze hun individuele sterke punten reserveren en het einde afwachten.

HOOFDSTUK XXXV

Goran keek verwonderd om zich heen naar de bezienswaardigheden en geuren.

De aroma's van duur langzaam geroosterd vlees, jus en sappige pompoen in de overdekte terrines deden je smaakpapillen kwijlen van verwachting.

Ze hoopte dat ze snel konden eten toen haar maag rommelde bij de herinnering aan haar magere ontbijt van lang geleden.

Ze klopte met weinig succes op haar buik alsof ze hem wilde kalmeren.

En hij keek verlangend naar de zeer goede wijnen die bij het diner verkrijgbaar waren.

Hij friemelde aan zijn tailleband, scheurde en maakte zich zorgen over het losraken van een touw.

Anđelko glimlachte toegeeflijk naar hem terwijl ze naar het spel van emoties op zijn gezicht keek en de gedachten van haar jonge metgezel correct raadde.

Hij probeerde zelf praktischer te zijn, maar de knappe jongen had zijn gedachten over andere lusten die moesten worden gestild.

Hij dacht beter te suggereren dat ze zich terug zouden trekken in de schuur om de honden en wolfshonden te zien, maar hij moest wachten voor het geval zijn meester hem nodig had.

Hij zuchtte en negeerde de diepe zwaarte in zijn buik toen hij Goran in zijn onschuld en schoonheid zag.

Haar verlangen om Goran te omhelzen en zijn zoete mond te kussen, zou moeten wachten tot er een ontknoping plaatsvond.

Hij wist dat het hem zou spijten als hij of Goran zou omkomen, maar hij had een lang leven geleefd en zijn recente herinneringen aan Gorans armen en lichaam waren een troost voor hem.

Oh, de liefde die ze hadden gedeeld was mooi en geweldig geweest.

Het had zo lang geduurd voordat hij zoveel liefde had gevoeld en het was nog steeds iets verbazingwekkends dat hij hem bij Goran had gevonden.

Het had goed gevoeld en het was werkelijk heerlijk geweest.

Een of twee keer zo veel dat hij zijn plezier in de wei had genoten, zodat alle schapen het konden horen.

Goran had hem erg blij gemaakt en hij wist dat hij de jongen had behaagd.

Hij kon niet wachten tot hij dat moment weer ontmoette.

Hij stopte resoluut aan het ene uiteinde van de tafel, Goran naast zich, kijkend naar de zwijgende, sombere mannen.

Toen niemand naar hen keek, streek hij met zijn vingers over Gorans nek om hem te laten weten dat hij aan hen en hun tijd samen dacht.

Het was het eerste gebaar dat ze maakte sinds ze die ochtend met hem wakker werd.

Goran spinde bijna onder het contact, maar slaagde erin zich te onthouden.

Hij wilde niet dat twee paar gekwelde ogen naar hem keken.

Het kleine gebaar van troost was voorlopig voldoende.

HOOFDSTUK XXXVI

Kristina was geen onbekende voor Katarina's bedoeling en ze waardeerde de gelegenheid om met haar te praten, aangezien ze getuige was geweest van de passie die was uitgebroken tussen haar en Stjepan.

Nu was ze meer zeker van haar standpunt over de kwestie en was ze er blij mee.

Hij streek met een borstel door zijn haar en wachtte geduldig tot de mooie jonge vrouw als eerste zou beginnen.

En hij hoefde niet lang te wachten.

'Mijn naam is Katarina. Ik weet niet wie je bent of wie de rest van jullie zijn. Maar nu zal ik je vertellen dat er hier geen bloedvergieten zal zijn.' Ze stampte nadrukkelijk met haar voet. 'Ik zie dat mijn terugkeer hier iets in de wacht heeft gezet. Maar er zal een herstelde orde in dit huis zijn voordat de dag voorbij is. Nu, vertel je me je verhaal.' Zei hij met grote nieuwsgierigheid en vastberadenheid in zijn stem.

Ze stond achter de zittende Kristina, die achteloos haar krullen afborstelde en haar ogen in de spiegel zocht.

'Bedankt Katarina. Ik ben Kristina en de man met wie ik ben is Vladimir. We moeten praten.'

Katarina kromp ineen en tuitte haar lippen op Kristina's ingetogen humeur en emotieloze spraak.

Hij wist heel goed dat hij voordat hij het innerlijke vuur in zijn ogen had gezien terwijl hij zich van zijn banden bevrijdde.

Deze was net zo eigenwijs als zij en ze hadden geen tijd voor laffe gevoelens.

Stjepan was in gevaar en zou gedoemd zijn als haar iets zou overkomen omdat ze beleefd was.

Toen Kristina zijn uitdrukking zag, voelde ze haar humeur in reactie daarop stijgen.

Welk recht had dit meisje om over haar te oordelen?

Adem Kristina in en wees direct.

Ze kan het aan.

Zie de vonken in haar ogen en de levendigheid van haar haar in het licht.

Deze heeft passie over en is niet dom.

Terwijl hij zijn eerste giftige gedachten vasthield terwijl hij zijn doelwit in het oog hield, vervolgde hij:

"Ik heb u veel te vertellen over recente gebeurtenissen en wat ik weet over gebeurtenissen uit het verleden. Daarom is het goed dat u zich zorgen maakt. Daarmee bedoel ik niet dat u of uw familie mij niet respecteert. Maar ik beschouw u niet als een ook gek ... Jij en ik kunnen samen veel goeds doen. En nu zal ik je alles vertellen, zonder details te sparen. '

Kristina stopte om diep adem te halen en legde toen voorzichtig en rustig alles uit wat ze wist aan Katarina.

Katarina nam het allemaal in stilte in zich op, trok verschillende keren haar wenkbrauwen op en op een gegeven moment kreeg ze een opstandig licht in haar ogen toen Kristina onthulde wat er in haar badkamer was gebeurd.

Toen Kristina haar uitleg stopte, had Katarina haar vragen klaarliggen.

'Kristina, bedankt voor je openhartigheid en enthousiasme. Stjepan kan koppig zijn en luistert niet altijd naar de stem van de rede. Ik vermoed hetzelfde van je Vladimir.'

Katarina begon haar mening over de kwestie hardop uit te spreken.

Kristina trok haar eigen wenkbrauwen op bij het bekende gebruik van Stjepans naam en de flagrante veronderstellingen in haar toespraak.

Hij lachte toen, zich realiserend dat Katarina een verwante geest was in koppigheid en liefde en dat ze hun krachten konden bundelen om de impasse tussen Stjepan en Vladimir te doorbreken.

Nog steeds lachend zei Kristina:

"Oh, Katarina, ik heb het gevoel dat we goede vrienden zullen zijn. En ik zou graag willen dat we vrede sluiten tussen die twee. Ik zal niet in een situatie van onbehagen leven ondanks mijn liefde voor Vladimir. Jij ook niet. Het gaat over tijd dat verschillen en klachten worden opgelost. Dit is mijn suggestie ... "

De twee meisjes kwamen bij elkaar en praatten meer dan een half uur in stilte voordat ze een besluit namen over hun plannen.

Omhelsd en met het licht van de strijd in hun ogen en met vastberaden stappen keerden ze met de anderen terug naar de eetkamer.

HOOFDSTUK XXXVII

Beide mannen keken op vanuit hun innerlijke gedachten toen ze binnenkwamen en werden onmiddellijk bezorgd over de geconcentreerde uitdrukkingen die elke schoonheid bezat.

Bijna als per ongeluk begonnen ze hun gedachten in hun hoofd onder woorden te brengen en ze zonder de bedoeling aan de ander over te dragen.

Nog een ontbrekende schakel die zichzelf snel herstelde.

Toen ze eerder aan het vechten waren, hadden ze hun bedoelingen voor elkaar gesloten gehouden om de strijd niet de andere kant op te laten gaan.

Maar nu maakten ze zich zorgen over het idee van wat deze twee vrouwen voor hen in petto hadden.

Wat voor kwaad is dit? Vladimir dacht na.

Normaal had hij al zijn emoties onder controle, maar de aanblik van een openlijk gevecht met Kristina zou bijna zijn ondergang zijn.

Haar borst opzwepende, haar lange lokken in het rond terwijl ze liep, liep doelbewust naar hem toe, met gefronste wenkbrauwen.

Dit was niet dezelfde vrouw die zich eerder aan hem vastklampte.

Waar was ze verdwenen?

Deze naderende harpij had op dit moment geen liefde in haar ogen.

Hij zuchtte weemoedig en wenste dat hij Stjepan weer onder ogen kon zien.

De vrouwen waren gecompliceerd en ze bleken meer te zijn dan de meesten.

Stjepan lachte om Vladimirs gedachten, maar was even bezorgd.

Zijn Katarina had een muitende uitdrukking en bezorgdheid in haar ogen, maar ze was vastbesloten.

Haar wangen waren gezwollen en opwinding vertroebelde haar knappe gelaatstrekken.

Wat heb ik nu gedaan?

Ik bescherm gewoon mijn huis en mijn gezin.

En zij was zijn familie, of ze het nu wilde toegeven of niet.

Hij slikte zelfs zenuwachtig, omdat ze niet in het minst door hem werd geïntimideerd.

Hij zag dit nu.

Ondanks al haar vampierkrachten en logisch redeneren was ze niet bang.

Ze is niet bang voor hem!

Stjepans ogen werden groot van verbazing.

Dat betekende dat ze echt van hem hield, want waarom zou ze dit anders doen?

Op dat moment keken Stjepan en Vladimir elkaar eigenlijk medelijdend aan.

Deze charmante en krachtige vrouwen zagen er eigenlijk ongeslagen uit en waren ongewapend.

Wat een lust voor het oog!

De vrouwen, beginnend met hun afgesproken plan, kwamen naar de mannen toe en leidden hen elk bij een arm naar de tafel.

Zittend tegenover elkaar in het midden met hun vrouwen naast zich, zat niemand in de hoofdrol.

Zwijgend zaten Anđelko en Goran aan de andere kant om de gebeurtenissen te zien ontrafelen.

Helena en Gabrijel kwamen naar hen toe en schonken voor hen allemaal glazen wijn in en trokken zich toen terug om door de keukendeur te kijken.

Vladimir en Stjepan probeerden elkaar aan te staren, Stjepan stikte door een zachte klap op het scheenbeen van Katarina's schoen en Vladimirs binnenste elleboog geknepen door Kristina.

Hij overwoog haar te vermanen en dacht er toen beter over na.

Hij leunde achterover in de stoel en zag er kalm maar zeer alert uit terwijl hij nipte van de voortreffelijke wijn uit de Stjepan-kelder.

Beide mannen wachtten, namen ontslag omdat de vrouwen op dit moment de leiding hadden.

Een diepere stilte viel over hen allemaal, waardoor zelfs het tikken van de klok klopte in een bijtend ritme dat weergalmde met de absolute stilte van de kamer.

De nervositeit van onderdrukte emoties wervelde rond tot de spanning ondraaglijke hoogten bereikte.

Goran, die niet alles begreep wat er gebeurde, schoof ongemakkelijk in de war.

De kwetsbaarheid van de stilte in de kamer werd doorbroken door zijn bewegingen.

Kristina hield haar hoofd schuin naar Katarina om aan te geven dat ze eerst moest handelen.

Katarina haalde diep adem.

Ze keek ze allemaal in de ogen.

Tevreden dat ze haar onverdeelde aandacht had, begon ze.

'Stjepan en Vladimir, dit slechte bloed tussen jullie houdt vanavond op. We zullen jullie haat voor elkaar geen minuut langer tolereren.'

Katarina's stem klonk laag en vastberaden.

Zijn handen rustten op zijn heupen terwijl hij met elk van hen sprak.

"Dat gezegd hebbende, we weten dat ze verschillen met elkaar moeten oplossen en we zullen niet opstaan van deze tafel voordat alles is opgelost."

Katarina wendde zich nu tot Stjepan en reikte naar zijn arm, haar smekende ogen en liefde schenen voor het eerst duidelijk voor iedereen te zien.

'Ik hou van je Stjepan. Ik zal die liefde voor je vijandschap niet opgeven, maar ik ben bereid dat te doen. Ik zal vanavond dit huis verlaten als je doorgaat met wraak te nemen.'

Stjepan voelde haar hart opzwellen bij het horen van zijn liefdeswoorden en Katarina hield haar adem in toen ze voor het eerst haar gevoelens aan hem onthulde.

Zijn bloed bonkte en zijn arm tintelde waar ze hem vasthield.

Hij was hulpeloos tegen haar passie, schoonheid en intelligentie.

Hij had lang gewacht tot zijn Katarina in deze lieftallige jonge vrouw veranderde.

Een vrouw die zijn ware partner kon en zou zijn als ze er iets mee te maken had.

Hij was bereid alles te doen wat nodig was om haar aan zijn zijde te houden.

Repareer zelfs dingen met Vladimir.

Hij kon echter in zijn trots niet zo gemakkelijk toegeven, dus gromde hij gewoon en bleef stil.

Oh, dat maakte Katarina wakker met spijt.

Maar ze kon zien dat ze het niet beter had gedaan met Vladimir.

Ze had een lichte glimlach op haar gezicht alsof Katarina Stjepan had beschreven als een hardvochtige jongeman en niet als een man.

Oh, ik had dit voor geen goud willen missen! Dacht hij bij zichzelf.

Het was als muziek die in zijn hart speelde om Stjepan beschaamd te zien kijken.

Hij lachte kort naar Stjepan die in zijn stoel zat te kronkelen.

Katarina keek hem even boosaardig aan en zag hem een wenkbrauw optrekken bij haar woeste uitdrukking, en besloot toen dat dit het probleem was dat Kristina moest beheersen.

Toen ze zag dat haar nieuwe vriend diep ademde en toen naar Vladimir keek over de tafel, glimlachte ze verwachtingsvol.

Kristina klopte met haar knokkels op de tafel om zijn aandacht op haar te vestigen.

"Vladimir!" Kristina schreeuwde tegen hem in een uitbarsting van woede, haar ogen vernauwden zich van ontzetting toen ze opstond.

Ze besefte duidelijk niet dat het gevaar voor haar eigen persoon zou zijn als ze zich zo schaamteloos zou blijven gedragen, dacht Katarina bij zichzelf.

Stjepan leek tevreden dat ook hij nu zou krijgen wat hij verdiende.

Hij egaliseerde het speelveld weer in zijn ogen.

De twee vampiers waren het nog steeds niet helemaal met elkaar eens, maar hun rivaliteit was ernstig afgenomen met de komst van vrouwen.

"Toen Katarina haar waarheid sprak, sprak ze ook voor mij. Los je meningsverschillen op of er is niet meer. Ik ben een sieraad voor je landhuis, tafel of bed. Mannen! Bah! Alles wat je doet is nemen, nemen en drinken! Verdeel en veroveren. Waar heb je dat vandaan? Zeker geen van de antwoorden op de vragen die je altijd hebt geprobeerd te onthullen! Als je deze gelegenheid hier en nu niet aangrijpt om weer vrienden te worden met Stjepan, heb ik geen zin voor jou ! "

Op dat moment besefte iedereen dat Kristina haar vinger had gebruikt om Vladimir in de borst te slaan om haar positie te bevestigen.

Haar kleine gestalte waar ze stond, was niet in overeenstemming met haar indrukwekkende invloed, zelfs als hij zat.

Vladimir ging echter overeind staan en bedekte voorzichtig haar vinger met zijn hand.

'Heel goed, Kristina. Bestelling, en ik gehoorzaam in dit geval. Je weet dat ik je kan vasthouden, zelfs als je probeert te ontsnappen, en hoewel dat misschien leuk is, luister ik naar wat je zegt.'

Vladimir deed een poging om een gevoel voor humor uit zijn stem te houden terwijl hij dit zei, maar faalde jammerlijk.

Ze was van hem en ze zou blijven als hij haar aan zijn zij moest ketenen.

Kristina zei niets, wachtte gewoon tot hij verder zou gaan terwijl zijn voet de grond raakte.

'Je hebt me overwonnen met je liefde en vurige aard en vurigheid. Ik zal er alles aan doen om Stjepan halverwege dit streven te ontmoeten.'

Vladimir bracht toen zijn hand naar zijn lippen en kuste haar knokkels.

Verbijsterd door zijn snelle capitulatie en zijn kus, zonk ze achterover in haar stoel, haar ogen wijd open met de donkere werveling van hartstocht in de hare.

Toen wist hij dat alles goed zou komen.

Alles.

Vladimir en Stjepan.

Zij en Vladimir.

Ze zouden voor altijd als gelijken in hun bondgenootschap leven.

Ze sloot haar ogen van opluchting, liefde en dankbaarheid.

Toen Vladimir voor het eerst naar Stjepan keek zonder hitte in zijn ogen, begon hij.

"Stjepan. Je was ooit de broer van mijn ziel. Mijn beste vriend. Jij en ik hebben alles samen gedaan, we hebben alles gedeeld, inclusief Đurđa's liefde. Ik heb je gemist, zelfs toen ik je niet herkende. Ik heb niet het recht om me te verontschuldigen, want jij bent mislukt Đurđa. Ik heb gefaald omdat ik niet naar zijn angst luisterde. Maar ik zou hem nooit pijn hebben gedaan. Dit moet je weten! Kunnen we onze geschillen niet oplossen? Als het geen vriendschap meer kan zijn, in ieder geval een vredesovereenkomst ? "

Hij zweeg met zachte stem na haar woorden.

Stjepan haalde zijn vingers door zijn haar en ademde uit, zich bewust van een waakzame Katarina aan zijn zijde, haar hand verstrengeld met de zijne onder de tafel.

'Vladimir, mijn hart werd van mijn lichaam gerukt toen ik Đurđa zag. Op dat moment stopte ik met leven. Het was alles wat ik had! Het was alles dat goedheid en licht was in deze wereld! En ik heb het aan jou toevertrouwd!'

Bittere scheldwoorden die van zijn lippen kwamen.

Stjepan kreunde op dat moment, verdrietig over zijn pijn.

Pijn die ik nog nooit had meegemaakt.

Hij tastte de diepten van zijn ziel af, liep door zijn aderen en liet zijn lichaam in diepe snikken achter.

Katarina sloeg onmiddellijk en onvoorwaardelijk haar armen om hem heen, schudde hem zachtjes en zong in zijn oor.

Hij keek op en zag stille tranen ongecontroleerd en onbeschaamd nat over Vladimirs gezicht druipen.

Kristina zorgde ook voor hem en voor zijn behoeften, ze streek zachtjes met haar vingers over zijn wangen en drukte zachte kusjes op de plek waar de tranensporen lagen.

'Huil, mijn liefste. Laat het gif uit het verleden voor eens en altijd je lichaam verlaten. Bedenk hoe goed Đurđa was en weet dat ik aan je zijde zal staan terwijl je het doet.'

Katarina zette haar zachte intonaties voort, hield Stjepan alleen dicht bij haar hart en liet haar liefde voor hem hem omhullen in de wolk van haar wezen.

Toen reikte hij naar haar, sloeg zijn eigen armen om haar trillende lichaam en aanvaardde haar geschenk van voedsel.

Na een moment van stilte veegde ze de vergoten tranen en het verdriet van haar gezicht, waar ze zich hadden gevestigd, in een poging haar kalmte te herwinnen.

Toen hij dat deed, realiseerde hij zich dat Vladimir en Kristina naast hem waren gaan staan.

Hij stond op met krachtige gratie en ving Vladimir in een grote omhelzing van een beer.

De twee vrienden huilden samen over hun wederzijdse verlies.

Hun pijn delen die ze wisten over alles wat er in vorige tijden is gebeurd.

Ze omhelsden elkaar minutenlang en hun metgezellen stonden naast hen ook klaar om hun eigen troost te bieden wanneer daarom werd gevraagd.

Ten slotte gingen ze uit elkaar om bij elkaar te zitten en hun duel voort te zetten.

Alles was stil en stil, behalve de moeizame ademhaling van de twee vampiers, voormalige goede vrienden, toen bittere vijanden en nu rouwend om elkaar, opnieuw samen.

HOOFDSTUK XXXVIII

Instinctief wetend dat ze alle vier wat tijd alleen nodig hadden, verlieten de anderen de eetkamer.

Helena en Gabrijel naar de keuken.

De soep moest nog verzorgd worden.

Het had te warm laten staan op de enorme gietijzeren kachel om te serveren.

Helena voegde een snufje zout en peper toe aan het mengsel en proefde het voor definitieve goedkeuring.

Gabrijel veegde de grond om zijn Helena te helpen.

Zijn liefde voor haar en haar dochter verlichtte zijn ogen terwijl hij zag hoe zijn geliefde zijn soep op smaak bracht.

Hij dacht dat hij veel geluk had gehad toen zijn blik op zijn ronde billen viel.

Ze bezorgde hem na al die jaren nog steeds gevoelens van lust en verlangen.

Hij begon zachtjes te neuriën toen zijn gedachten later die avond na hun vertrek weer oppakten.

Goran en Anđelko gingen naar de schuren.

Toen ze eenmaal geen ongewenste blikken meer hadden, omhelsden ze elkaar in de donkere schaduwen van de schuur.

Met een zaklamp die flikkeringen van zwak licht maakte, legden ze hun silhouetten vast terwijl ze samen zwaaiden.

Het duo danste voor de slapende wezens die in de schuur woonden.

De zachte aanrakingen werden hartstochtelijker naarmate de minuten verstreken.

De zachte kusjes werden heter, de handen gingen vrij over elkaar heen en legden de kleren opzij.

Liefdesgeluiden kwamen achter in hun keel terecht en werden in hun mond gevangen.

Dat was hoe Stankov ze vond, terwijl ze door hun kleren snuffelden.

Hij plaagde het knuffelende stel stilletjes toen hij dichterbij kwam. Dichtbij.

Nog dichterbij.

Darija en Roko waren ineengedoken voor warmte na de gebeurtenissen van de dag, terwijl de paarden stilletjes aan voedsel dronken uit nabijgelegen emmers havermout.

Ze stonden onmiddellijk op, hun haren overeind en hun mond open van verbazing.

Maar het bleek te laat te zijn.

Stankov sloeg een zware stok op Gorans hoofd, voordat Anđelko kon reageren.

Hij viel bewusteloos op de grond met bloed op de achterkant van zijn hoofd, een grote vlek als bewijs.

Anđelko brulde van woede en medelijden naar het geworpen lichaam van haar minnaar en viel op Stankov, terwijl Darija en Roko, die al wakker waren van het lawaai, hen op de hielen zaten.

Stankov viel ze aan met zijn knuppel en deed zijn best om ze op afstand te houden, maar ze kwamen van alle kanten op hem af.

Toen de een of de ander werd aangestaard door Stankovs woeste heerschappij, vervolgden de andere twee hun weg naar voren.

Stap voor stap verloor Stankov terrein.

Eindelijk helemaal terug naar de schuurmuur.

En toch bleven ze oprukken.

Het was moeilijk om te bepalen wie er woedend was, Anđelko of de honden.

Speeksel bedekte elk van hun onderkaken, moorddadig in hun ogen.

En aangezien Stankov niet kon zien waar hij heen ging, nam hij langzame, afgemeten stappen om zich terug te trekken.

Zijn ademhaling was onregelmatig van zijn inspanningen, zijn ogen waren wijd en ongericht, blindelings opvallend nu de realiteit van zijn situatie hem overspoelde.

Hij struikelde over een kleine uitloper van rotsen en viel achterover, zijn knots net buiten het bereik van zijn vingers.

En ze waren binnen enkele seconden als een uitgehongerde kudde op hem af.

De honden rukten aan haar blootgestelde lichaam, Anđelko beukte met haar geharde vuisten op haar gezicht en borst.

Stankov werd geslagen en dat wist hij.

Ze toonde nog een laatste golf van kracht, liet haar greep op hem los en begon te springen, hevig hinkend.

Hij had echter zijn richtingsgevoel verloren en rende recht op de kliffen af.

Schreeuwend van ontzetting toen hij het zich realiseerde, kelderde zijn lichaam in de richting van de verraderlijke rotsen beneden.

De huilende kreet vervaagde tegen de achtergrond van de woeste zee.

Voorzichtig liepen Anđelko en de honden naar de rand.

En ze waren ervan overtuigd dat Stankov niet meer leefde.

Nek draaide in een vreemde hoek ten opzichte van de rest van zijn lichaam, ze keken met opgetogen toe hoe de ruwe zee zijn lichaam opeiste.

Op weg terug naar de schuur ging Anđelko naast Gorans roerloze lichaam zitten en gebruikte verwoed zachte vingers om de wond te onderzoeken terwijl ze naar zijn borst luisterde.

Kleverige warmte ontmoette haar vingers rijkelijk.

De wond was diep en drong door tot op het bot dat ik kan voelen.

Wanhopig staarde ze naar de holte van Gorans borst, nauwelijks fluisterend in zijn boerenhemd.

Hij hoorde een lichte hese zucht, pakte zijn liefde op en rende naar het landhuis.

Darija en Roko huppelden achter hun voeten, hun mond nog bedekt met stukjes Stankov.

Hij wist dat vampiers Goran konden helpen.

Ze moesten!

Hij had verschillende keren gezien hoe Vladimir genezing had veroorzaakt bij zieke wezens, hoewel hij er ook enkele had gezien waarmee ze te ver waren gegaan om ze te redden.

Hij zou het niet kunnen verdragen als Goran voor hem verloren was geweest.

Anđelko besefte nu hoe diep haar gevoelens waren.

Ik hoopte maar dat het niet te laat was.

Hij zou niet met zichzelf kunnen leven als Goran stierf, want als hij dat deed, zou hij, Anđelko, ook sterven.

Je moet leven!

ACHTSTE DEEL
GORAN

149

HOOFDSTUK XXXIX

Stjepan haalde nog een laatste, trillende adem en ademde langzaam uit, terwijl hij met zijn vingertoppen over zijn wangen veegde.

Katarina verwijderde de sjaal die in haar lijfje was gestopt en veegde voorzichtig haar aanvankelijke pijn weg.

Hij glimlachte naar haar, blij met de intimiteit van het gebaar.

Hij stak zijn hand uit om haar haar voor het eerst te strelen, de lokken glinsterden toen ze door zijn vingers glipten.

Hij pakte een handvol en gooide ze voorzichtig in de wind, en bracht toen zijn lippen dicht bij de hare, hard en krachtig de eerste keer.

Al haar opgekropte passie werd gecommuniceerd met haar zachte, fronsende lippen.

Het was allemaal een mannelijke voldoening voor het zachte gekreun dat in zijn omhelzing in zijn keel uitstraalde.

Haar lichaam begon zich naar het hare te vormen toen Vladimir de aandacht begon te trekken.

Stjepan keek op en zag het dansplezier in Vladimirs ogen.

Hij haalde zijn schouders op.

Daar had hij geen spijt van.

Vooral toen Katarina hem ademloos met zoveel bewondering aankeek.

Hij voelde zich voor het eerst sinds lange tijd levend.

Vanuit haar uitkijkpunt zag ze Helena en Gabrijel glimlachen naar het stel toen ze terugkwamen uit de keuken en de lekkere soep kwamen brengen om binnenkort te serveren.

Kristina had haar arm om Vladimir geslagen en haar hoofd rustte op zijn schouder.

Ze leek tevreden.

Zij was de eerste die de stilte doorbrak.

'Edelachtbare Stjepan en Vladimir, het spijt me voor uw verlies. Het verlies van Đurđa en het verlies van de tussenliggende jaren van gedeeld verdriet en vriendschap. Ze was echt mooi, als haar portret iets is om haar te waarderen. Grote onschuld en tegelijkertijd was er onheil op zijn gezicht te zien. Hoe kan er, ondanks hoe dit allemaal is gebeurd, nu iets mis zijn? En we hebben nog tijd om over het verlies te rouwen en te praten over wat er is gebeurd. "

Kristina boog eerbiedig haar hoofd, uit respect voor de doden en in rouw.

Vladimir trok haar dichter naar zich toe.

'Mijn liefste, hoe graag ik de lucht ook wil voelen, op dit moment wil ik je alleen maar stevig vasthouden. Jij behoort mij toe. Ik behoor jou toe. En naar jou zoeken heeft alleen maar versterkt dat je voor alle eeuwigheid van mij bent. . Stjepan, als je het kunt verdragen. Nog één nacht wachten, voordat we proberen de gebeurtenissen van lang geleden te begrijpen, zou ik het erg op prijs stellen. '

Vladimir was nog steeds arrogant, maar Stjepan herkende de sprankeling in zijn ogen.

En hij dacht erover om zijn oude vriend een beetje te plagen, maar dacht er beter over.

Na alles wat hij ze had aangedaan, kunt u dit verzoek alstublieft afwijzen?

Nee, dat kon hij niet, vooral omdat er een klein bundeltje in zijn armen wriemelde.

Ze dwong zijn aandacht.

Zijn blozende, omgekeerde gezicht, zijn heldere ogen, zijn zachtroze Cupido-mond trokken haar aandacht.

'Vladimir, je enthousiasme laat je zien hoe ondeugend je bent! Laat Gabrijel je meenemen naar je kamer. En dompel jezelf onder in de geneugten; het kan me op dit moment nergens om geven. Ik zou graag wat met Katarina willen drinken.'

Toen hij deze keer achteloos met zijn hand zwaaide, was het een broederlijk gebaar van vergeving.

Vladimir boog zich snel in haar richting en liep met Kristina mee naar de deur die naar de gang leidde.

HOOFDSTUK XL

Terwijl ze hand in hand door de deur liepen, bleven Kristina en Vladimir stilstaan om de grootsheid van de kamer te waarderen.

Het plafond was gewelfd en had een enorm fresco van schaars geklede nimfen die in een klein zwembad dartelden, met lachende engeltjes die balalaika's tokkelden.

Op het hoogste punt viel een dunne ketting van het plafond in een grote kroonluchter die werd verlicht met een duizendtal kaarsen.

Kristina bewonderde de glimmende koperen voet die elke kaars uitholde en de kamer deed schitteren.

De lambrisering had een donkere askleur, verlicht door het afwisselend gestreepte damastbehang van roomwit en kastanjebruin.

Aan de achterwand hing een groot wapenschild met een afbeelding van een bergkat en een raaf die vochten om de heerschappij en met het opschrift "Eer onder de mannen", wat in die tijd heel toepasselijk was.

Een oud harnas, behoorlijk versleten en gedeukt, nam een prominente plaats in in de grote zaal.

Kristina bleef maar ooohs en aaahs zeggen op haar weg naar beneden, zich afvragend over verre veldslagen en eer boven alles.

Gabrijel wachtte daar geduldig op hen.

Kristina liet haar hand over de reling glijden die bij de gevelbekleding paste.

Hij streelde zijn satijnen finish met zijn vingers terwijl hij achter Gabrijel stapte om te beginnen.

De reling had een stevige grip die groter werd naarmate ze hoger kwamen.

Ze keek uit haar ooghoeken en zag Vladimir diep ademhalen terwijl zijn blik op haar decolleté rustte.

Ze stelde zich voor dat hij aan andere plaatsen zou denken waar haar hand stevig zou kunnen worden vastgegrepen.

Een veelbetekenende glimlach krulde zijn lippen, terwijl Vladimir zijn bewegingen probeerde te versnellen door een bemoedigende hand onder zijn elleboog te plaatsen.

Maar ze zou niet voor de gek gehouden worden.

Hij was van plan zijn bewering correct, liefdevol en voor een tijdje te herformuleren.

Om hem een beetje te ergeren, bleef ze op de trap staan om naar de familieportretten te kijken die langs de met damast bedekte muur stonden.

Generaties Markovics keken naar haar vanuit hun lijst.

Allemaal met elegante, ascetische kenmerken.

Hij kon zien waar Stjepan zijn blik vandaan haalde.

Vladimir bleef even hangen, voordat hij een giechelende Kristina in zijn armen trok.

Ze kon niet meer opstaan! Dacht hij somber.

Als ik het niet snel heb ...

Net toen het stel het balkon op de tweede verdieping bereikte, sloeg de voordeur open.

Ze keken naar beneden en zagen dat Anđelko Goran in haar armen wiegde.

Ze waren allebei bleek en Goran zag er dood uit.

Anđelko, de tranen stroomden over haar wangen, keek hulpeloos naar Vladimir terwijl ze neerknielde met haar kostbare lading.

De deur werd nog steeds heen en weer geslingerd door de wervelende wind en herhaalde zijn gerommel tegen het interieur.

De regen kwam binnen en doordrenkte de ingang, terwijl de bladeren macaber dansten alsof ze opgetogen waren over Gorans lot.

Darija en Roko hapten naar adem en keken naar de gevallen figuren.

Stjepan, Katarina en Helena renden de eetkamer uit.

Met jammerlijk angstige ogen keek Anđelko ze allemaal aan en zei: "Help mij!"

Zijn woorden maakten de geschrokken trance los die iedereen had doorgemaakt.

Beide vampiers renden naar Anđelko toe.

Gabrijel deed de deur dicht en Helena rende op zoek naar verband en het maken van een kompres.

Katarina liep de trap op naar Kristina, die een kamer was binnengelopen op zoek naar dekens.

Ze grepen de bewusteloze Goran voorzichtig bij Anđelko's slappe vingers en brachten hem snel naar de eetkamer.

Met een onzorgvuldige beweging veegde Stjepan de tafel met glazen, borden, bestek, bloemenkommen en al het andere dat hem in de weg stond.

Helena vormde een team met hem, terwijl ze de medicinale voorraden op tafel zette en naar de bezem rende.

Voorzichtig, heel voorzichtig, plaatsten de vampiers Goran op de tafel.

Vladimir onderzocht de wond en keek verdrietig naar Anđelko.

De schade die de klap had aangericht was enorm en hij wist niet of hij Goran zou kunnen redden.

Anđelko keek verbijsterd toe terwijl Vladimir zijn onderzoek voortzette, op zoek naar andere verborgen wonden.

Een zacht gesis ontsnapte aan Gorans lippen toen Vladimir met zijn vingers over zijn ribben streek.

Vladimir scheurde aan zijn overhemd en ze zagen allemaal de donkere massa naast hem, wat duidt op minstens één gebroken rib.

Anđelko strafte zichzelf intern omdat ze onzorgvuldig in de schuur was.

'Mijn vriend, mijn lieve lieve vriend. Ik weet niet of we Goran kunnen helpen, maar voor jou zal ik mijn best doen. Het is niet minder dan wat jij voor mij zou doen.'

Vladimirs ogen werden gekweld door zijn recentelijk opgedane kennis van Gorans verwondingen.

'Ik wil dat je met Katarina naar de studio gaat voor een drankje. Je hoeft dit niet te zien. En neem Kristina mee, alstublieft.'

'Vladimir! Mijn geneeskunst kan nuttig zijn. Ik blijf.'

Kristina wierp hem een donkere blik toe die geen ruzie toestond.

Hij was al een laken aan het verscheuren om als wikkel voor Gorans wonden te gebruiken en een voor het kompres.

Haar efficiëntie en zelfverzekerde bewegingen waren wat in Vladimirs hoofd besloten dat ze echt bleef.

HOOFDSTUK XLI

Katarina leidde een aarzelende Anđelko de bibliotheek binnen.

Ze duwde hem zachtjes in een van de ingebouwde stoelen en bracht hem snel een slok cognac.

Ze drukte het glas tegen zijn lippen en dwong hem zijn hoofd achterover te kantelen om van de vloeistof te nippen.

Kleur bedekte langzaam haar wangen en haar ademhaling vertraagde terwijl ze dronk.

Toen hij klaar was, schonk Katarina hem nog een glas in, maar zette het naast zijn elleboog op het tafeltje daar.

Daarna pakte hij elk van haar handen een voor een en wreef ze tussen de hare, terwijl hij de resten van de kou bevecht om zijn bloedsomloop te herstellen.

Zijn geklets hield op en zijn lippen waren niet meer zo afschuwelijk blauw.

Hij riep zijn vader om het vuur aan te maken en een droge broek en hemd voor Anđelko te zoeken.

Al snel verwarmde een vrolijke gloed de kamer.

'Dank u, mevrouw Katarina, voor uw vriendelijkheid jegens een oude man als ik. Ik ben u veel dank verschuldigd.'

Anđelko's toespraak was laag en geforceerd.

'U zegt onzinnige dingen. Ik ben alleen maar vriendelijk geweest. U hebt mij geen schulden, meneer. Op een dag zult u aardig zijn voor een vreemdeling en dat zal mijn beloning zijn. En dit zal op zijn beurt weer goed zijn voor een ander.'

Katarina's muzikale stem klonk engelachtig tegen het geknetter van het vuur.

"Als je kunt, laat je ogen rusten. Je hebt geen kracht meer. Vocht zal in je botten sijpelen als je niet uitdroogt. Als je het niet erg vindt, ga ik even naar buiten en sluit de deuren. , zodat u kunt veranderen. "

Zonder haar ogen te openen, knikte Anđelko.

Ik was moe.

De vreselijke ontdekking dat hij Goran zo zag, galmde nog steeds door zijn hoofd.

Voor zo'n stoere man hadden de wonden van zijn jonge liefde hem ongedaan gemaakt.

Met zacht gefluister voelde ze in plaats van Katarina te zien vertrekken, maar zachtjes de deuren achter zich dicht te doen.

Meteen pakte hij het glas en slikte de inhoud naar binnen.

Daar niet tevreden mee nam hij de kan en schonk nog een glas in, dat hij op tafel zette.

Ze trok haar doorweekte kleren uit en trok snel haar geleende kleding aan.

Omdat hij zich vies en beschaamd voelde dat hij zo overrompeld was, gooide hij zijn met bloed bedekte kleding in het vuur.

Ze zag haar branden terwijl hij voor het vuur zat om zich op te warmen, en ze dacht na over de gang van zaken.

Hij keek ook naar het nieuwe cognacglas.

Zijn ogen begonnen niet alleen glazig te worden van de shock en het niet eten, maar ook van het drinken.

Hij staarde nog steeds naar het vuur toen Katarina terugkwam.

Hij wist dat ze het hem zou vertellen als er nieuws was.

Haar droevige uitdrukking sprak tot haar hart toen ze een dienblad met fruit en kaas bij zich droeg dat ze binnen het bereik van Anđelko zette.

Hij kon niet eten.

Kon niet praten.

Ik kon niet genoeg ademen.

Ze zaten samen in een gespannen stilte terwijl het tikken van de klok en het vuur de enige geluiden waren die in de kamer weerkaatsten.

Vastbesloten tilde Katarina haar zware stoel op en begon Anđelko's vochtige haar te borstelen.

Bang keek hij over zijn schouder naar deze jonge vrouw, zo wanhopig om hem verlichting te bieden.

Hij knikte een keer als dank, omdat hij te verstikt was om het mondeling uit te spreken.

Katarina begon liedjes uit haar dorpen te neuriën terwijl ze haar penseel en vingers door haar blonde krullen haalde.

Anđelko was zo diepbedroefd en nog steeds zo schuldig dat ze het niet opmerkte toen ze tegen haar buitenste dij leunde.

Katarina zag geen reden om het te corrigeren terwijl ze geduldig met de borstel werkte.

Dit is hoe Stjepan ze een uur later vond.

Zijn langzame, afgemeten passen overwonnen Anđelko's geest van nederlaag.

Hij stond op, rende naar de vampier en greep hem stevig bij zijn schouders.

Stjepan keek gewoon naar Anđelko's handen, en Anđelko liet ze nutteloos naast haar vallen.

Hij had de waarschuwing in Stjepans ogen gezien en hij was niet van plan hem in het minst te minachten.

Ze wachtte met spanning op wat Stjepan te zeggen had, net als de even bezorgde Katarina die naast haar stond en een geruststellende hand op haar bovenrug legde.

Alle decorum was tussen hen in gevlucht in dit vermoeiende uur.

Stjepan zuchtte.

"Anđelko ..."

HOOFDSTUK XLII

Vladimir en Stjepan werden razende wervelwinden van activiteit nadat Anđelko was vertrokken.

Hoewel Anđelko wist en respecteerde wat ze waren, hadden ze geen idee wat haar gevoelens zouden zijn als ze getuige zou zijn van hun pogingen om Gorans leven te redden.

Met empathie sloten de twee vampiers naadloos op elkaar aan.

'Vladimir, ik zal mijn bloed aanbieden voor Goran. Je handen zijn ergens anders bezet.'

'Stjepan ... heeft het begin van een longontsteking. En ze voelt zich het afgelopen uur slechter. Ik weet niet hoe ver ze is.'

'Mijn vriend, we zullen ons best doen. Niet meer, niet minder.' Stjepan was zeer bevestigend in zijn verklaring.

Vladimir was er trots op Stjepan toen weer een vriend te noemen.

Elke aanhoudende twijfel over het conflict tussen hen werd weggenomen door hun bereidheid om te helpen.

'Dank je wel, mijn vriend Stjepan. Wat heb ik je gemist!'

Stjepan maakte een zachte buiging.

Ze had zich niet gerealiseerd dat een deel van haar verdriet te wijten was aan het verlies van Vladimir als haar partner.

Iets dat hij nu koste wat het kost zou rechtzetten, zwoer hij.

Vladimir die zijn gedachten las, knikte alleen; hij maakte zich op dit moment meer zorgen over een doorboorde long en mogelijke infectie dan over het hoofdletsel en legde zijn handen op die plek om te zien of hij een inwendig letsel kon voelen.

Stjepan beet in zijn pols, waardoor er onmiddellijk een lijn rode vloeistof ontstond.

Hij plaatste het zachtjes tegen Gorans mond en hief zijn andere hand op om zijn kaak te laten zakken, zodat de mogelijk reddende vloeistof zich in zijn mond verzamelde.

Toen zijn mond eenmaal gedeeltelijk vol was, sloot Stjepan hem en begon toen zachtjes met zijn vingers tegen Gorans keel te strijken om te zien of hij de vloeistof zou inslikken.

Hij wilde het hoofd van de man niet naar achteren dwingen, niet met zijn hoofdletsel.

Toen de procedure eenmaal enigszins succesvol bleek te zijn, herhaalde hij het proces.

Goran kwam nooit meer bij bewustzijn, maar de spieren in zijn keel werkten en dwongen het genezende bloed te slikken.

Ten slotte verzegelde Stjepan zijn pols en deed een stap achteruit.

Kristina was bezig geweest met Gorans hoofdletsel.

Hij had Helena gevraagd hem een vijzel met stamper te brengen en had de kruidenomslag verwijderd die aan zijn riem hing.

Hij deed duizendblad in de vijzel en vermaalde het tot een heel fijn poeder, dat hij vervolgens op zijn open wond strooide.

Hij sloeg voorzichtig haar hoofd om en liet het zoals het was.

Ik zou het regelmatig moeten controleren en indien nodig meer duizendblad moeten toevoegen, maar ik wilde niet te veel doen.

Terwijl hij dit deed, liet hij Helena de verbena en de smeerwortel in aparte potten koken.

De verbena zou een bittere thee maken, maar het was uitstekend om bloedinfecties te voorkomen.

En van de smeerwortel zou een pasta worden gemaakt met lijnzaadolie die op Gorans zijde zou worden aangebracht als een kompres dat vaak moest worden vervangen, en stevig zou worden ingepakt.

Hoezeer ze ook geloofde in zowel Vladimir als Stjepan en hun capaciteiten, ze wist van de kracht van deze kruiden, had ze in het verleden zien werken en voelde dat ze even belangrijk waren in haar poging om Goran te redden.

Trouwens, wat zou hen hinderen?

Alles dat kon worden gedaan om het lijden van Goran te verzachten, moest goed zijn, toch?

Ze dacht erover na toen Helena voorzichtig de gedrenkte thee tevoorschijn haalde.

En hij bleef nadenken over hoe eervol het was om te helpen bij het redden van iemands leven.

Zijn recente ervaringen in het dorp waren beperkt gebleven tot zijn genezing.

En dan waren het alleen de vrouwen die haar benaderd hadden, met tegenzin en in het geheim.

Ze zouden niet willen dat hun mannen denken dat ze zich associëren met een beruchte vrouw.

Geen van de mannen keek of sprak met haar na Stankovs verachtelijke geruchten.

Ze was belasterd omdat ze eerbaar was in de nagedachtenis van Andrej.

Hoe vreemd was het leven om de cirkel te sluiten.

Stankov verloor voor altijd vanwege zijn kwaad en ze vond voor altijd geluk vanwege zijn goedheid.

Ze schudde haar hoofd om deze gedachten op te ruimen en keerde terug naar de hartverscheurende scène voor haar.

"Stjepan, kom alsjeblieft mijn plaats op Gorans hoofd innemen. Zet hem voorzichtig op je schoot. Ja, je moet net als ik op tafel kruipen! Maak je geen zorgen!"

Kristina kende zijn gedachten perfect zoals ze op zijn gezicht verschenen.

In feite ving hij het gelach en de verbaasde glimlach op op Katarina's gezicht toen ze met een dienblad naar haar toe haastte.

Eindelijk, met Stjepan op zijn plaats, kon hij Goran de verbenathee geven.

Langzaam en gestaag bracht ze herhaaldelijk de lepel naar haar lippen, goot de vloeistof eruit en streelde, net zoals ze Stjepan had gezien, haar keel.

Uw spieren blijven krampachtig werken om de vloeistof op te nemen.

Toen ze eenmaal voelde dat hij genoeg had gedronken, legde ze het theekopje opzij.

Terwijl ze dat deed, had Vladimir de vlezige, geplette smeerwortelwortel genomen en op de groeiende blauwe plekken aan Gorans zijde aangebracht.

Hij en Stjepan legden een dikke mantel over haar huid en werkten samen om haar aan Gorans zijde vast te binden.

Goran gromde diep in zijn keel bij zijn inspanningen, maar hij bleef bewusteloos.

Rusteloze bewegingen van zijn handen, in pogingen om aan zijn bindingen te klauwen, zorgden ervoor dat de vampiers hem naar een kamer op de bovenverdieping droegen nadat zijn eerste verwondingen waren waargenomen.

Ze legden hem op een zacht dekbed en als hij rusteloos was en onbewust aan zijn bindingen klauwde, gebruikten ze zachte boeien om zijn handen naar beneden te houden.

Helena kreeg de opdracht om voorlopig bij Goran te blijven en begon methodisch koude kompressen op haar voorhoofd en gezicht aan te brengen.

De twee vampiers keerden toen terug naar beneden.

Helena mompelde niet alleen de wacht, maar mompelde ook gebeden over haar schijnbaar levenloze lichaam, aangezien Stjepan geen priester zou roepen.

Aan de andere kant zou een priester ook niet de drempel overschrijden als hij werd uitgenodigd; Stjepans beoefening van zijn duistere kunsten en mythische krachten werd gevreesd.

Ze vond dat de laatste begrafenisrituelen moesten worden aangeroepen, ook al was het voor haar, voor het geval Gorans ziel tot de dood gedoemd was.

Zo godslasterlijk als ze zich nu voelde, zou het godslasterlijker voor haar zijn als hij dat niet deed.

Hij doopte zelfs zijn vingers in de kom met water om het kruisteken op zijn warme voorhoofd, op zijn lippen, op zijn hart te plaatsen.

En ze streelde eindeloos haar rozenkrans terwijl ze haar verpleging deed.

HOOFDSTUK XLIII

Ze stopten eerst bij de eetkamer en zagen dat Kristina en Gabrijel aan het schoonmaken waren.

Het tafelkleed was kapot, maar Stjepan spaarde geen seconde om erover na te denken.

Ze had haar woede overwonnen en werkte aan het herstel van haar relatie met Vladimir, en als het helpen van Goran en Anđelko een middel daartoe was, dan zou ze doen wat nodig was.

Kristina ging door met het inpakken van haar gewaardeerde kruiden, terwijl Stjepan Vladimir naar de buffettafel en de fles wijn leidde om te consumeren wat ze had weten te ontsnappen aan Stjepans eerdere vernietiging.

Hij leunde naast Vladimirs oor en sprak zachtjes.

'Mijn vriend, ik weet niet of de jongen kan worden gered. Zelfs na het bloed van mijn leven en Kristina's kruiden is hij nog zo bleek. Het is goed dat hij vecht, maar zal het hem te veel zijn?'

'Ik weet het niet, Stjepan. De enige mogelijke oplossing zou zijn om hem een van ons te maken. Maar we hebben geen toestemming en op dit moment is hij te zwak om hem die te geven. Om een van ons te worden , is het proces zeker gemakkelijker met overeengekomen toestemming. De risico's van het niet vragen van uw toestemming kunnen opwegen tegen het mogelijke goed dat we zouden kunnen doen. Dat weet je! "

Vladimir was krachtig en nadrukkelijk in zijn bevalling.

'Een onwillige man is een sterfelijke man. Kijk naar Stankov en zijn gedrag en dood. Zou je die charmante jongeman inruilen voor zo'n onstabiel wezen dat de dood riskeert? Dat zou hij niet doen. Niet zonder meer na te denken. Misschien moeten we Anđelko erbij betrekken. deze discussie Ze zijn tenslotte minnaars. "

Vladimir zuchtte diep terwijl hij dit zei.

Ik zou deze beslissing niet nemen zonder in ieder geval Anđelko te raadplegen.

'Heel goed, Vladimir. We zullen Anđelko bij deze discussie betrekken. Zoals je zegt, het zijn geliefden.'

Stjepan draaide zich om om weg te gaan toen hij een hand op zijn arm voelde.

Terwijl hij Kristina in de bezorgde ogen keek, zuchtte hij net als Vladimir.

"Mijn beste Kristina, we hebben geen keus. Als Goran de nacht overleeft, mag hij zich gelukkig prijzen dat hij nog een dag aan de oppervlakte van de aarde heeft. Maar we kunnen niets beloven. Uit Vladimir's onderzoek bleek dat het in het begin niet constitutioneel was. . sterk. Ik had al het begin van een longontsteking in mijn longen vóór deze verwondingen. We doen ons best. Dat is het. '

Kristina voelde tranen in haar ogen, maar ze weigerde ze over te laten stromen.

Hij moest sterk zijn voor Anđelko.

Anđelko die veel voor haar was gaan betekenen.

Als ze dit nu niet zou kunnen doen, in haar tijd van nood, wat voor soort vriend zou ze dan echt zijn?

Toen werden haar smaragdgroene ogen helderder van die niet-vergoten tranen, haar ruggengraat rechtte met haar vastberadenheid, en ze maakte haar greep op Stjepans arm los, zodat hij Anđelko kon vragen om te komen.

Vladimir had ontzag voor haar trotse, maar kalme manier van doen en meedogenloze beheersing.

Hij gaf haar een zachte kus op het voorhoofd om haar te laten weten dat hij blij was met haar bedachtzaamheid.

HOOFDSTUK XLIV

Anđelko wankelde onder het gecombineerde gewicht van Stjepans blik, de alcohol die ze had gedronken en haar eigen angst.

Hij was nieuwsgierig naar het lot van Goran, maar wilde niet de dupe worden van de gevolgen.

Het was mijn fout!

Ik was niet voorzichtig genoeg, ik was niet dapper genoeg, en ik hield niet genoeg van hem!

Anđelko kreunde in haar ziel.

Hij kon nog steeds niet praten.

Zijn waterige ogen probeerden zich op Stjepan te concentreren.

Hij probeerde zo hard en kon het niet.

Uiteindelijk werd de belasting te groot.

Hij viel op zijn knieën en lag toen uitgestrekt op de grond van zijn pijn.

Noch Stjepan, noch Katarina konden zijn ziel bereiken.

Hun handen gleden zorgeloos van hun schouders toen Anđelko zichzelf dwong op de grond te vallen.

Langzaam voelde Anđelko dat al haar interne systemen begonnen af te sluiten.

Zijn geest, zijn hart, zijn ziel.

Met ongeloof op haar gelaatstrekken, keek Stjepan toe hoe Anđelko probeerde te sterven, in de overtuiging dat Goran al was overleden.

Katarina schreeuwde lang en hard, de echo's weergalmden eindeloos in de kamer.

Stjepan probeerde Anđelko uit haar knieën te halen, zonder succes.

Hij probeerde zijn blik te vermengen met die van Anđelko, maar die van Anđelko was blanco.

Zijn geest trekt zich al terug.

Een duisternis die zelfs voor Stjepan zo ondoordringbaar was toen hij zijn geest zocht.

In haar frustratie probeerde Stjepan Anđelko te schudden, maar hij was een lappenpop, slap in haar armen.

Dat is hoe Vladimir en Kristina ze vonden.

Vladimir greep de catatonische Anđelko en probeerde het ook.

Niets kwam naar Anđelko in haar donkere put.

Hij voelde zich daar veilig.

Dat was alles.

Hij kon zich niet herinneren waarom hij in de kolkende duisternis was, maar het was geruststellend.

Bijna alsof het zweefde, was er rust.

Hoe meer hij geluiden hoorde, hoe meer hij zich terugtrok naarmate hij steeds meer vervaagde.

Hij wist genoeg om zich te verstoppen.

De stemmen en geluiden brachten pijn, en hij wilde er geen deel van uitmaken.

Dieper en dieper in de uithoeken van zijn geest, dook hij tot de geluiden niet meer waren.

Toen was er totale stilte.

NEGENDE DEEL
LUCIJA

HOOFDSTUK XLV

Tussen de twee vampiers door leidden ze de catatonische Anđelko de trap op naar Gorans kamer.

Zijn redenering was dat Anđelko misschien Gorans levende aanwezigheid zou voelen.

Het was het proberen waard.

Geen van zijn andere acties was succesvol gebleken.

Vladimirs wenkbrauwen fronsten van bezorgdheid en zijn bleekheid viel meer op dan normaal.

Ze waren allemaal donker en zwijgzaam terwijl ze naar de twee mannen keken, zo nog in hun gedeelde bed.

Roerloos.

Nauwelijks tekenen van ademhaling vertonen.

De spanning was dik, angst weerspiegeld in de ogen van alle aanwezigen.

'Vladimir, er is nog iets dat ik zou kunnen proberen.' Zei Kristina zachtjes. 'Als we wat bloedzuigers voor een sangria zouden kunnen vinden, kan dat misschien helpen.'

'Mijn beste, lieve Kristina. Ik weet dat je niet veel weet wat het betekent om een vampier te zijn in de meest ware zin, maar het bloed van Stjepan zou Goran moeten helpen. En Anđelko! Mijn God, hoe kan ik bij hem komen? Ik moet nadenken!"

Vladimir begon zachtjes te praten, maar zijn stem werd luider aan het einde van zijn toespraak.

"Wat voor soort God zou dit doen?"

Daarmee verliet hij de kamer zonder achterom te kijken.

Kristina was neerslachtig.

Ze beefde bij de manier waarop Vladimir zojuist tegen haar had gesproken en bij haar gebrek aan geloof.

Hij raakte het kleine gouden kruis aan dat om zijn nek slingerde.

Haar lippen trilden, haar lichaam trilde van een onderdrukt gevoel.

Haar emoties stroomden over van alles wat er was gebeurd, waardoor de tranen in haar ogen terugkeerden.

Alle anderen voelden zich ongemakkelijk bij de ontmoediging waarmee Vladimir per ongeluk had gesproken.

Katarina liep naar haar nieuwe vriend toe en sloeg een geruststellende arm om haar schouder.

Kristina's gezicht vertoonde zo'n uitdrukking van pijn.

Ze haalde achteloos haar schouders op en verliet stilletjes de kamer.

Katarina wendde zich op dat moment tot Stjepan.

'Stjepan, vertel hem wat verstand. Nu! Zijn ontmoedigde woorden zullen om hem heen nog verder achteruitgaan, inclusief zijn relatie met Kristina. Hij kan niet uit elkaar vallen. Het is nodig. Er is veel te doen.'

Daarop zette ze hem uit haar gedachten terwijl ze naar bed ging om haar moeder te helpen voor de twee invaliden te zorgen.

En met de zachtste streling verzachtte ze Gorans voorhoofd, dat nog steeds zo warm aanvoelde.

Helena had met hulp van Gabrijel de kleren van Anđelko uitgetrokken, in een poging hem meer op zijn gemak te stellen.

Het bewoog helemaal niet.

Het knipperde niet.

Ik staarde gewoon blindelings naar het plafond.

Helena bleef een kruis slaan en voor hen beiden bidden.

HOOFDSTUK XLVI

Stjepan liep door het huis, op zoek naar Vladimir.

Voor de zwakke muziek die op afstand werd gehoord, wist hij waar hij die kon vinden.

Hij bewoog zich in de richting van het kleine muziekconservatorium, waar Vladimir speelde op het prachtig bewaarde klavecimbel.

Stjepan bleef bij de ingang staan met een kleine glimlach om zijn lippen, zich herinnerend dat Vladimir altijd uitstekend had gespeeld en wanneer hij gestoord was, met een intensiteit die wedijverde met de beste componisten.

De melodie was duister, spookachtig en vulde de kamer met haar opwinding.

Noten weergalmden door de lucht terwijl hij meedogenloos het instrument manipuleerde om geluiden te maken die lijken op huilen.

Na een paar minuten naar zijn rouwende vriend te hebben gekeken, kwam Stjepan de kamer binnen.

'Vladimir! Je moet hiermee stoppen! Praat met me. Help me een manier te vinden om Anđelko en Goran terug te brengen.'

Stjepan was geduldig toen hij de man naderde.

Vladimir stopte niet meteen.

Hij creëerde crescendo op crescendo van de kloppende compositie totdat hij met een huivering klaar was.

Ze liet haar handen en voorhoofd op de sleutels vallen en hijgde.

'Hier. Neem de wijn die ik je heb meegebracht. Misschien kalmeert het je zenuwen een beetje.'

Stjepan duwde het glas naar Vladimir, die het aannam en even gretig dronk, voordat hij het weer in Stjepans hand legde.

'Stjepan, bedankt. Maar ik heb een helder hoofd nodig.'

Vladimir veegde zijn voorhoofd af en keek naar zijn vriend, zwakte duidelijk in zijn gelaatstrekken.

"Waarom, Stjepan? Waarom gebeurt dit? Als ik Kristina niet zo had gewild, zou dit niet gebeurd zijn! Het was haar pijn die me aanvankelijk riep, maar hoe kon ik iemand zoals zij voorbij laten gaan? Ze is mijn hart. Zij is mijn ziel! En als ik haar niet had gered, wie weet welk lot haar zou zijn overkomen door de handen van Stankov? Maar tegen welke prijs? Anđelko is nu voor mij verloren. En de Goran-wond, is het dicht bij dood? En ik ben volkomen machteloos!"

Vladimir liet zijn voorhoofd in zijn handen vallen en begon te jammeren.

'Mijn vriend, ik ben niet de juiste persoon om naar je pijn te vragen. Maar ik ben hier voor jou en ook voor Kristina, net als de rest.'

Stjepan omhelsde Vladimir terwijl hij naast hem op de bank gleed.

'Vladimir, probeer jezelf alsjeblieft terug te krijgen. We moeten dit samen uitzoeken. Je moet helpen! Of het kan allemaal verloren gaan! Kom, laten we Kristina voor je ontmoeten. Ze was erg gekwetst door je omgang met haar.'

'Ik wilde haar geen pijn doen, Stjepan. Zonder haar zou ik mezelf verliezen.' Zei Vladimir met een lage, gepijnigde stem.

De liefde die hij voor haar voelde, was duidelijk in zijn woorden.

'Laten we dan met haar meegaan.'

Stjepan stond resoluut op en wachtte tot Vladimir hetzelfde zou doen.

HOOFDSTUK XLVII

Ze verlieten het conservatorium en keerden terug naar de kamer, in de veronderstelling dat Kristina er zou zijn.

Maar dat was ze niet.

Na kort met de bezorgde Katarina en Helena te hebben gesproken, kwamen ze erachter dat ze niet was teruggekeerd.

Dus gebruikten ze hun zintuigen om zijn aanwezigheid in huis te zoeken.

Geen van haar bleef in de lucht.

Bezorgd doorzochten ze het terrein, nog steeds niets.

De koele, vochtige bries en aanhoudende regen hadden de geuren verspreid.

Er was tenminste geen onweer of storm meer.

Vladimir belde Darija en Roko, maar de honden kwamen niet opdagen.

Vladimir begon steeds meer gealarmeerd te worden, zijn hectische tempo deed niets om zijn spanning te verminderen.

Ze verspreidden zich steeds meer, zoekend.

Stjepan controleerde de achterkant van het landhuis aan de rand van de kliffen en Vladimir was naar de schuur gegaan om te zien of Kristina daar was.

Zijn kreet van verbazing bereikte Stjepan, die onmiddellijk naast hem kwam.

Toen Vladimir maar één paard zag, wist hij dat het weg was.

Zijn ongeloof was op zijn gezicht gegrift en zijn woede dreigde over te slaan.

'Hoe durf je te gaan? Als ik die brutale ...'

"Kalmeer mijn vriend". Stjepan kalmeerde hem terwijl ze om zich heen keken.

Zwijgend genoot ze ervan weer met Vladimir te kunnen praten, zelfs met haar onopgeloste problemen en huidige zorgen.

'Makkelijk. De honden moeten bij haar zijn. Nu, waar zou ze midden in de nacht heen gaan?'

Hij stopte om de situatie vanuit alle hoeken te overpeinzen.

'Ah. Ik heb het. Hij is van plan je ongelijk te bewijzen, Vladimir. Hij ging op zoek naar bloedzuigers!' Stjepan klonk een beetje eigenwijs toen hij dit zei.

Het was volkomen logisch voor hem.

Het stel was onlangs verliefd en nog steeds op zoek naar balans binnen de relatie.

Bij hun inspanningen zouden ze een aantal tegenslagen krijgen bij het omgaan met die gevoelens.

Hij knikte wijs omdat hij wist dat hetzelfde snel genoeg voor hem en Katarina zou gebeuren.

Hij grinnikte toen hij zich herinnerde hoe ze hem eerder had ontslagen om haar aanbod te doen.

O, hij wachtte op de uitdagingen die ze hem nu ging aandragen.

Maar hij werd meteen serieus door de uitdagende blik die Vladimir nu had.

"Stjepan, Kristina is niet beschermd, zoveel als ze Darija en Roko vertrouwt. Er kan van alles gebeuren met haar! Ik moet haar vinden! Oh die vrouw! Ze zal de ware betekenis van mijn woorden leren over wat het betekent om bij mij te horen. Ik beloof het je.! "

Vladimir was schitterend in zijn woede.

Haar wenkbrauwen gingen omhoog, haar gelaatstrekken kregen een stompe blik, haar dunne lippen en haar hartstochtelijke ogen.

Hij vluchtte zonder aarzelen, met de bedoeling het veld af te speuren naar zijn liefde.

Hij vond Stjepan naast hem.

HOOFDSTUK XLVIII

Hij is een onmogelijke man! Dacht Kristina terwijl ze snel wegreed, de honden naast haar paard.

Ze wilden niet blijven en ze kon niet met hen in discussie gaan, ook al verwelkomde ze hun gezelschap op deze bewolkte avond.

Hij keerde terug naar de open plek met de kleine vijver die de plaats van zijn vangst was geweest, omdat hij wist dat hij daar bloedzuigers zou vinden.

Alleen zij wist het!

En dan zou ze Vladimir laten zien wat ze konden doen!

Met ongebreidelde verontwaardiging door zijn hele lichaam spoorde hij het paard aan.

De modder steeg achter hen op met het tempo dat hij instelde en nam snel de kilometers afstand in beslag.

HOOFDSTUK XLIX

Anđelko bewoog langzaam door haar duisternis, nam haar op en genoot van haar.

Hij verlangde naar de eenzaamheid, de warmte waarin hij was gehuld.

De afwezigheid van licht maakte hem niet bang, het verwelkomde hem.

Hij baadde haar in zijn omhelzing.

Hij beschermde haar.

Wat was dit

Anđelko voelde iets, iets ondefinieerbaars haar cocon binnendringen.

Hij draaide zich om en keek de duisternis in, maar kon niet vinden wat hij zocht.

Toch was hij zenuwachtig.

Wat voor situatie maakte hij door?

Hij bleef razend ronddraaien.

Langzaam hoorde hij vage voetstappen op hem af komen, maar hij kon niet zeggen uit welke richting ze kwamen.

Dit alles begon hem steeds gekker te maken.

Daar!

Een flakkerende gloed!

Hij werd steeds stabieler naarmate hij dichterbij kwam, totdat hij eindelijk een vage omtrek kon onderscheiden.

De omtrek werd steviger naarmate het ding dichterbij kwam.

Met haar vorm nog steeds niet bepaald, merkte Anđelko dat ze nergens heen kon, nergens om zich te verstoppen in haar duisternis.

Wat voor hem ooit een groot wezen had geleken, was in een lange tunnel gekrompen en zijn rug stond tegen de muur.

Hij kon niet bewegen, hij was verlamd door de naderende verschijning.

Zijn ogen werden geopend!

Zijn hartslag versnelde.

O mijn God!

Hij dacht.

Lucija!

Wat doet ze hier?

Hij hurkte niet langer langs de muur, maar kwam dichter naar haar toe.

Tot op het bot geschokt, zag hij haar naderen.

Ze keek hoe ze eruitzag in het leven, vóór de koorts.

Hoe was dit mogelijk?

Het was voor haar ogen verdord.

Zijn robuustheid en liefde voor het leven waren in zijn lichaam verminderd in die vreselijke dagen voor zijn dood.

Ze stierf aan pijn en als een gerimpelde oude vrouw.

Anđelko dronk nu haar etherische schoonheid.

Hij bewoog zich om haar aan te raken en zijn hand zweefde over haar arm.

Hij deed angstig een stap achteruit.

'Mijn beste Anđelko. Wees niet bang.' De geest sprak tot hem.

Het klonk als zijn Lucija.

Anđelko schudde hallucinant haar hoofd.

Verbaasd stapte hij weer naar voren en hetzelfde gebeurde.

Hij deed deze keer niet zoveel achteruit als hij wilde en wreef twee keer in zijn ogen, maar toch bleef ze voor hem verschijnen, dus hij wachtte.

Zijn kalmerende stem, zo rijkelijk verweven met liefde, veroorzaakte een nieuwe reactie.

'Ik ben hier omdat je me hebt gebeld.' Haar hese stem die hij zo erg had gemist, kwam weer in hem terug. 'Je belde me, Anđelko. Maar ik ben altijd bij je geweest. Ik ken je hart, mijn liefste. Je moest het gewoon zeggen. Ik zou elk moment zijn verschenen. Maar voorheen had je me niet nodig, dus Ik heb je in de gaten gehouden totdat de tijd aanbrak dat je dat zou doen. '

Hij sprak zo teder en liefdevol dat Anđelko de tranen over haar wangen voelde stromen.

"Lucija, wat heb ik je gemist! Ik weet niet waarom je hier bent, maar ik ben blij dat je dat bent. Ik heb tot op de dag van vandaag van je gehouden. Ik weet dat ik je al heel lang had moeten bellen geleden, maar de loop van mijn leven veranderde nadat je stierf en ik een beslissing moest nemen. Ik wist dat je het zou begrijpen of ik hoopte dat je het zou begrijpen. '

Anđelko's stem brak en sprakeloos snikte ze bij het zien van haar verloren liefde.

Hij voelde haar aanraking, een licht verenkleed van haar vingers op zijn arm.

Toen materialiseerde ze zich langzaam, veranderde van een onbeduidend licht in een substantiële vrouw en hield haar armen open voor de betraande Anđelko.

Hij omhelsde haar wanhopig de rug.

Hij had zijn hele leven van zijn Lucija gedroomd, hield haar weer in zijn armen en voelde hoe hij haar omhelsde.

En nu was het gebeurd.

Overweldigd door dat alles viel hij langzaam op zijn knieën, zijn gezicht begraven in haar buik terwijl ze zijn haar streelde.

"Moj odvažni neustrašivi borac". Lucija sprak zacht en noemde hem haar dappere en geliefde krijger. 'Voordat we elkaar ontmoetten, was je pad vooraf bepaald. Je hebt geleefd zoals je zou moeten. Je hebt ervoor gekozen jezelf op te offeren zodat anderen vrij kunnen leven. En uiteindelijk was het geen offer, toch? Je houdt van Vladimir en hij houdt ook van jou. Je hebt hem verschillende keren van zichzelf gered.

Besef je dit niet? Vladimir zou zichzelf lang geleden hebben vernietigd door zijn daden, als het niet vanwege jouw zorg en liefde was geweest. '

Ze bleef zijn haar strelen en haar snikken waren bedaard toen ze zijn delicate woorden hoorde.

'Liefste, maar hoe? Wat heb ik ervoor gedaan? Ik ben maar een man, niemand speciaal.'

'Ja, mijn Anđelko, je bent een man. Niet meer, niet minder. Je kon niet weten dat Stankov zou aanvallen zoals hij deed. Je Goran heeft je nodig. Hij heeft je kracht en je liefde nodig om hem te overwinnen. moet in jou terugkeren! "

'Hoe kun je dit zeggen, Lucija? Ik heb je net weer gevonden! Het is pijnlijk ... de pijn! Hoe kan ik teruggaan?'

Anđelko sprak met haar gezicht over haar.

Zijn stem werd tot zwijgen gebracht door kleding en gedempte emotie.

"Ah, mijn liefste. Hoe kun je dat niet? Ik ben niet echt hier. Ik ben hier alleen omdat je me zocht. Ik ben dood. Je leeft! En je leeft verder omdat het niet jouw tijd is. En jij hou van Goran. Hij betekent veel voor je. Ik ben niet verdrietig. Ik ben erg blij dat je iemand hebt gevonden om weer van te houden. Hij houdt van je. Hij heeft je nodig. En jij hebt hem nodig. Ga, mijn liefste. Ga en volg je hart en weet dat ik altijd bij je zal zijn ".

Lucija streek nogmaals met haar zachte handen over Anđelko's haar.

Ze gebruikte haar hand om haar gezicht op te tillen zodat hij de uitdrukking van tevredenheid en liefde kon zien die in haar ogen straalde.

Langzaam kwam Anđelko overeind.

'Ik begrijp niet alles wat je hebt gezegd, mijn beste Lucija. Maar misschien heb ik dat niet nodig. Het stelt me gerust te weten dat het goed met je gaat. Ik zou de gelegenheid willen vragen je nog een keer

te kussen. Als ik niet kan blijven, wil je het mij toestaan? Precies dat.?'
Smeekte Anđelko.

'Natuurlijk mijn liefste. En ik zou je ook nog een keer in mij willen
voelen.'

Lucija kroop in Anđelko's omhelzing.

Voorzichtig legde hij zijn lippen op de hare en vond ze warm en
wachtend.

Zelfverzekerder door zijn liefde en vertrouwdheid, kwam hij nog
dichterbij en trok haar dichter bij zijn hart.

Zijn lippen waren zo beweeglijk onder de hare, zo teder, zoals ze in
het leven waren geweest.

Hij werd overweldigd door haar omhelzing, het herinnerde gevoel
van haar en haar zachtheid.

En te zachtaardig toen ze haar vingers door zijn haar haalde en haar
tong in zijn mond stak.

De kus was lang en hartstochtelijk en vol liefde.

Buiten adem trok Anđelko als eerste weg.

Hij keek diep in de ogen van zijn eerste liefde, zijn warme
honinggoudbruine kleur, verlicht met liefde.

Hij dook weer om haar mond helemaal op te vangen.

Zijn herinnerde smaak wekte zijn verlangen nog meer op.

Samen zakten ze op de grond, een warme, zachte mist die om hun
lichaam wervelde, terwijl ze steeds dieper in de diepten van hun passie
vorderden.

Langzaam hielpen ze de ander om zijn kleren uit te trekken.

Anđelko vond alle gladde holtes en golvende hellingen van Lucija
die ze zich zo goed herinnerde.

Ze vond op haar beurt de harde vliegtuigen en stevige spieren van
zijn liefde.

Hun verbintenis was traag en sensueel en ze hielden veel van elkaar.

Voor Anđelko was het gevoel dat Lucija haar interne spieren rond zijn penis aanspande zo geweldig dat het compleet aanvoelde op een manier die ze in lange tijd niet meer had gevoeld.

Dit nam niets weg van wat hij bij Goran voelde: het was gewoon een andere dimensie, een andere versmelting en een andere liefde.

En onbedoeld begon hij de pijn te voelen die hem aanvankelijk in de duisternis had getrokken.

Net toen het zijn volheid bereikte, voelde hij de randen van de duisternis lichter worden.

Proberen bij Lucija te blijven, bleek zinloos.

Het verdween uit het zicht naarmate de duisternis verdween.

Bang door de komst van pijn en de ontbinding van zijn geliefde Lucija, schreeuwde hij uit protest.

'Mijn liefste, onthoud dat ik altijd bij je ben. Voel je niet hulpeloos. Ze hebben je ergens anders nodig. Je Goran heeft je nodig. Tot ziens, mijn liefste.'

Lucija's stem, vriendelijk en begripvol, verdween uit zijn hoofd en het licht groeide.

Hij voelde hoe hij door de mist naar dat heldere licht rees.

Hij deed nog een laatste poging om haar nog een keer te grijpen, maar dat deed hij niet.

Reizend zonder na te denken, onder de indruk van zijn ervaring en zijn voortdurende liefde voor haar, zweefde hij naar het licht.

HOOFDSTUK L

Katarina en Helena werkten verwoed terwijl ze getuige waren van Anđelko's bewegingen.

Ze veegden zijn handen en riepen hem toe.

Verrukt door zijn eerste reacties en gemakkelijker ademhalen, hielden ze hun adem in om geen valse hoop te creëren.

Ze waren bang geweest voor de bewegingen die hij maakte en het gemurmel van woorden dat een paar minuten eerder was begonnen en die hen uit hun stille zorgen hadden gehaald.

Woorden van liefde en woorden van wanhoop, voor het grootste deel onsamenhangend.

Katarina en Helena slaagden erin hem hoger op de kussens te plaatsen en streelden zacht over zijn wangen.

Anđelko werd nog meer opgewonden.

Anđelko knipperde snel met haar ogen, terwijl ze nog steeds ademde, worstelde om haar ogen open te houden met het doordringende licht dat haar hoofd pijn deed.

Hij keek verward om zich heen en riep naar Lucija.

Katarina en Helena keken elkaar aan, verbaasd over de naam.

Het was niet een die ze kenden.

Toen hij de controle over zichzelf terugkreeg en de kamer en Goran naast hem in het bed zag, kalmeerde hij nog meer.

Hij voelde de golf van sympathie van beide vrouwen en vroeg zich af hoeveel hij moest zeggen.

Hij besloot dat hij eerst moest nadenken en het zelf moest uitzoeken.

Zouden ze hem toch geloven?

Waren ze boos?

Had hij echt net met zijn geliefde Lucija gepraat?

Ja, hij zou zijn gedachten voor zichzelf houden.

Hij trok een grimas en rolde op zijn zij om te kijken naar zijn zoete Gorans ademhaling.

Het verwarmde zijn hart, zelfs als hij gek was, gek om te denken dat Lucija hem zou goedkeuren.

Zijn spook zei tenminste ja.

Hij vroeg zich vaak af of hij haar boos had gemaakt, ook al was hij niet langer aan haar gehecht.

Nu wist hij dat ze het niet alleen begreep, maar ook dat ze meer van hem hield vanwege zijn keuzes.

Dat kalmeerde zijn hart en geest.

Hij had niet beseft hoeveel dat op zijn geweten drukte, maar nu had hij er vrede mee.

Zuchtend voelde hij dat Katarina hem water te drinken wilde geven.

Hij nam een langzame slok en voelde pijn in zijn hoofd door de ervaring en de vorige sterke drank.

Dus gaf ze hem bouillon.

Hij nam al het eten aan dat ze hem aanbood en bleef zwijgend en waakzaam.

HOOFDSTUK LI

Kristina stopte het paard.

Hij stapte voorzichtig neer en liet het paard over de kleine open plek zwerven.

De honden bleven bij het paard, hun zijden klopten opnieuw van inspanning, hun tong hing naar buiten.

Ze liep naar de oevers van het kleine zwembad en stapte het water in, geleid door het zwakke maanlicht dat er nu weer vanaf weerkaatste.

Onzorgvuldig van haar kleren vond ze de bloedzuigers waar ze naar op zoek was.

Ze pakte ze behoedzaam op en legde ze in de kleine ketel die ze voor dat doel had meegebracht.

Ze nam een slokje water uit de zak toen haar missie was volbracht, zorgde ervoor dat de dieren een bad namen om te ontspannen en ging toen op weg om het paard weer op te halen voor de terugreis.

HOOFDSTUK LII

Hoe verder de vampiers vlogen, hoe bozer Vladimir werd.

Maar nu keerde de woede zich tegen hemzelf.

Hoe kon hij zo onattent, onzorgvuldig zijn geweest in zijn toespraak en genegenheid voor haar?

Hij had al eerder een belofte gedaan, toen hij haar weer aan zijn zijde had, dat hij haar zou koesteren.

Hoe snel had hij het gebroken.

Dwaas! Hij mompelde.

Hij zou de schade herstellen en het de volgende keer beter doen.

Ik hoopte maar dat er een volgende keer zou zijn.

Omdat zijn Kristina heet was, maar ook erg onschuldig; hij was zelden buiten zijn dorp gereisd voordat hij haar vond.

Hij hoopte dat ze niet verdwaald was, dat haar paard geen schoen was kwijtgeraakt, of dat hij geen schurken of bandieten was tegengekomen met de bedoeling haar pijn te doen.

Hij rukte steeds sneller op, waardoor Stjepan moeite had om hem bij te houden.

Toen hij naar de horizon keek, ontdekte hij tot zijn schrik dat de dageraad naderde.

Terwijl de lucht nog steeds helemaal zwart was, veranderden de gedempte blauwe tinten snel met elke minuut die voorbijging.

Hij moest haar binnen de kortste keren vinden.

Hij moest wel, hij kon niet langer dan een uur zoeken.

Hoe kon hij zo dom zijn geweest?

Zijn ogen zochten verwoed naar kleine vormen op de grond, ongedierte en knaagdieren aan de kant van de weg.

Hij verscherpte zijn ogen op zoek naar nieuwe aanwijzingen, maar hij wist dat het nutteloos was, niet alleen was de weg goed afgelegd, maar de storm had zijn vorige reis uitgewist.

Vladimir wist dat hij op moest letten om niet uit de lucht te vallen vanwege zijn afleiding.

Stjepan belde hem.

Een eenzame ruiter met schaduwen die naast hem draafden kwam snel dichterbij.

Vladimir wist instinctief dat het Kristina was.

Hij en Stjepan daalden snel af om de nadering af te wachten.

Kristina schrok van zijn plotselinge verschijning in de lucht en bracht het paard abrupt tot stilstand.

Bij het plotseling stoppen, viel hij bijna op haar neer, maar op de een of andere manier slaagde ze erin haar stoel te behouden.

Stijf en trots, haar lichaam rechtop, keek ze behoedzaam toe terwijl de vampiers de afstand overstaken naar waar ze zat.

Stjepan stak zijn hand uit om het hoofdstel te pakken en stopte elke poging om langs te rennen alsof dat zijn bedoeling was.

Ze wierp een blik op hen en bedacht hoe weinig ze haar kenden.

Vladimir bereikte de andere kant en nam haar in zijn armen.

Ze voelde dat zijn omhelzing liefdevol was, maar ze lachte niet zoals voorheen toen ze zoiets had gevoeld.

Zelfs in zijn armen bleef ze stijf.

Vladimir glimlachte om haar voortdurende verzet.

"Mijn Kristina, alles is in orde. Ik was niet boos op je, je woorden of je daden. Ik voelde me hulpeloos en dat overkomt mij meestal niet! Ik ben een man van actie en inactiviteit past niet goed bij me. Liefde, Mijn excuses."

Vladimir zweeg na zijn toespraak in de hoop dat ze hem zou antwoorden zonder boos te worden.

Hij kreeg zijn wens.

Kristina zuchtte.

'Lieverd, ik wilde alleen maar helpen. Bloedzuigers, bloedzuigers zullen helpen. Ze moeten! Ik weet niet anders.'

Ze sprak zo zacht en ontspande zich in zijn omhelzing.

Hij hield haar vast totdat ze schreeuwde:

"Bloedzuigers! Wees voorzichtig!"

Zijn handen wiegden de ketel om te voorkomen dat hij morste.

Ze konden geen tijd verspillen om terug te gaan naar de open plek.

Kristina had ook de verlichting in de lucht opgemerkt.

Vladimir en Stjepan besloten snel dat Stjepan zou terugkeren op het paard en dat Vladimir met Kristina door de lucht zou reizen.

Hij probeerde haar zo goed mogelijk voor te bereiden op het verlies van de zwaartekracht voordat hij zichzelf in de lucht lanceerde.

Ze hapte naar adem van de gewichtloosheid en kneep haar ogen dicht.

De halsbrekende snelheid kan hem uit balans brengen en de kostbare ketel.

Al snel bereikten ze de poort van Stjepan.

Ze keken snel om Stjepan nog een mijl verderop te zien en renden naar binnen.

De vingers van de dageraad verschenen in prachtige tinten roze en oranje, maar ze waren erg dodelijk.

Vladimir ging naar waar hij wist dat Stjepan de doodskisten bewaarde.

Kristina naar de trap.

Hij wilde met haar meegaan, maar hij wist dat hij dat niet kon.

Pijnlijk trok hij zich van haar terug, hoe graag zijn hart en lichaam ook aan zijn zijde wilden blijven.

Hij wist dat als hij eenmaal opstond, hij bij haar zou zijn en die gedachte hield hem vooruit.

Kristina rende de trap op en negeerde deze keer de portretten en de gedetailleerde reling in haar haast om bij Goran en Anđelko te komen.

Hij bleef bij de deur staan toen hij zag dat Anđelko niet langer bewusteloos was.

Joy verlichtte haar hart bij de aanblik.

Toen ze haar adem inhield en probeerde de steek in haar zij te vergeten, gaf ze de ketel aan Katarina.

Ze legde het op het tafeltje naast Gorans bed terwijl Helena Kristina water bracht.

Toen ze voldoende was bijgevuld, ging ze naar de ketel en tilde de doek op waarmee ze de bloedzuigers hermetisch had afgesloten.

Hij pakte er een en slaakte een verbaasd gemiauw toen het zijn vinger vasthield.

Omdat hij besefte dat hij met zorg en gemak moest werken, negeerde hij de bloeddruppel die zich vormde tijdens het opnieuw afstellen van de bloedzuiger en plaatste hem snel in de buurt van Gorans hoofdwond.

Ze bewoog zich op deze manier heen en weer en merkte niet hoe haar bloed zich vermengde met de gedeeltelijk open wond in Gorans recente snee in Gorans hoofd.

Niemand heeft dit opgemerkt.

Toen ze klaar was, was ze uitgeput.

Hij liet zich in de stoel vallen en sprak met de vrouwen over zijn ontmoeting met Vladimir en Stjepan.

Hij verzekerde Katarina dat Stjepan al in zicht was toen ze het huis binnenkwamen.

Katarina zuchtte van opluchting.

Hij wist hoe erg het hem zou zijn geweest als er iets met Stjepan was gebeurd.

Gabrijel kwam de kamer binnen en stond erop dat alle vrouwen zouden rusten.

Hij zou over Goran en Anđelko waken, die zwijgend toekeken en Gorans hand vasthielden.

Handen die niet langer vastgebonden waren, omdat het niet langer nodig was.

Kristina verzamelde voor de laatste keer haar krachten om de vette bloedzuigers te elimineren.

Toen ze klaar was, bekeek ze haar werk, en tevreden met Gorans gelijkmatige ademhaling en een lichte kilte op haar voorhoofd, zakte ze weer in elkaar in haar stoel.

Ze zou niet weggaan, ondanks Gabrijels protesten, en gaf er de voorkeur aan daar in slaap te vallen.

Beseffend dat zijn tumult haar niet zou ontroeren, liet hij haar rusten.

En terwijl hij rustte, zwol zijn vinger een beetje op en begon paars te worden.

Toch bleef ook dat onopgemerkt.

TIENDE DEEL
GABRIJEL

191

HOOFDSTUK LIII

Stjepan steeg van zijn paard en rende naar het landhuis, waarbij de eerste zonnestralen op zijn hielen raakten.

Hij sloeg de deur dicht toen er kleine lichtjes op zijn schoenen begonnen te vallen, waar zijn voeten nu even blaren van het contact.

Hij slaakte een zucht van verlichting terwijl hij de trap afliep naar de plek waar de doodskisten lagen, wetende dat zijn voeten zichzelf zouden genezen terwijl hij sliep.

Toen hij zag dat Vladimir er al een bezet had, gleed hij in een andere en schoof mentaal het deksel weer op zijn plaats.

Hij ging liggen en sloot zijn ogen.

Zijn laatste gedachte voordat hij in slaap viel, een van de hoop, dat alles goed zou komen.

"Stjepan?" Hij hoorde het gefluister van Vladimir in zijn hoofd.

Hij zuchtte, wetende wat er in zijn gedachten omging.

'Heel goed, Vladimir. Ik zal je vertellen wat ik weet over Đurđa's dood.'

'Dank je, Stjepan. Soms achtervolgen mijn dromen me en zou ik weten of hij kalm rust.'

Mompelende vervloekingen voor het verliezen van zijn rust, voor het niet knuffelen van Katarina en voor het vliegen over het veld op gekke missies omdat Vladimir zijn vrouw niet kon beheersen, begon Stjepan zijn verhaal.

HOOFDSTUK LIV

Negentig jaar geleden ...

'Ik had een plaatselijke boer gegeten toen ik merkte dat er iets mis was. Mijn oren prikten van de waargenomen gevaren die in de omgeving ronddwarrelden. Ik probeerde het te negeren, maar het onderbrak mijn concentratie lang genoeg zodat ik de wond op de jonge man met degene die me had gekruist en mezelf in de lucht had gelanceerd in een poging om de bron van het boze gejammer te lokaliseren. Dit was geen pijn, maar vrouwelijke verontwaardiging. degenen die mijn diensten nodig hebben en die zich gedroegen zoals mensen zich gewoonlijk gedragen. "

'Haar geschreeuw was onheilig. Ze drongen door de lucht en ruikten haar met hun angst. Op dat moment besefte ik dat ze nog steeds kilometers van elkaar verwijderd waren. Een gevoel van angst dat ik nooit had gekend, kwam over me heen! Đurđa was in Duće bij jou. kant. in je dorp aan zee, de week ervoor met je uitgegaan. Ik raakte in paniek, dat kan ik nu toegeven en verloor mijn concentratie en viel op de grond met mijn elleboog verdraaiend. Dat weerhield me niet en ik stormde naar je dorp. "

"Wat ik daar tegenkwam ..."

Stjepan huiverde tijdens zijn pauze.

Herinneringen aan die noodlottige nacht kwamen in zijn hoofd tot rust.

Herinneringen die hij had onderdrukt uit angst hem gek te maken.

Herinneringen die haar haat tegen Vladimir hadden aangewakkerd.

Herinneringen beschuldigd van zijn eigen schuld omdat hij Đurđa niet kon redden.

Herinneringen aan zijn mislukkingen als broer, als vriend en als man.

De tranen vormden pure, kristallijne druppels die over haar wangen vielen.

Haar stille snikken deden haar schuilplaats rommelen van angst.

Vladimir, stil en stil in zijn eigen gedachten, deelde zijn medeleven met zijn geest en raakte de gewonde ziel van Stjepan aan.

Hij probeerde niet te onderzoeken terwijl Stjepan in angst zat, maar om de kleine kloven in zijn hersenen te genezen die die donkere nacht had veroorzaakt en die Stjepan als man had veranderd.

Hij kon de aangerichte schade zien, de verwrongen neuronen, de gebroken synapsen die reageerden op Đurđa's overlijden.

Hij waarschuwde de duivel en stond op uit zijn eigen graf om naar Stjepan's te gaan.

Hij duwde het deksel opzij en klom erin met de snikkende vampier.

Ze sloot het deksel nogmaals en sloeg haar armen om Stjepan heen en stuurde hem een genezend licht.

Zijn energie kwam binnen via Stjepans linkerarm en reisde naar het noorden, langs botten, pezen, weefsels en spieren.

Hij volgde de paden van haar bloed, cirkelde rond haar ruggengraat, langs haar cerebellum naar de cortex cingularis anterior om de schade te inspecteren.

Hitte drong het wezen van Stjepan binnen, dat werd gerepareerd en geconcentreerd terwijl Vladimir onderzoek deed.

Het licht was bleekgroen met een vleugje lavendel. De kleine knopjes begonnen met het begin van een onderbroken spleet en gingen naar de verwarde massa eronder.

Langzaam werd het oppervlak gladgestreken en kwamen dode synapsen tot leven.

De korte elektromagnetische pulsen die Vladimir gebruikte, hernieuwden het leven in de ondervoede delen van Stjepans hersenen.

Ze rustten lange tijd samen terwijl Vladimir het licht richtte om de schade te herstellen.

Stjepan was inactief toen hij de resterende effecten van de afnemende pijn voelde.

Dit was geen poging om de herinneringen uit te wissen, maar om de gerafelde zenuwuiteinden te genezen die waren gerafeld.

De groene pulsen vertegenwoordigden groei, een regeneratie van weefselstimulatie.

De lavendel moest Stjepan helpen met zijn spirituele genezing.

Vladimir wist dat hij eerst Stjepans toestemming had moeten vragen, maar hij kon de pijn van zijn lijden niet langer verdragen en nam het heft in eigen handen.

Toen hij eenmaal voelde dat hij zijn best had gedaan, trok hij langzaam het licht terug, voorzichtig voor Stjepans emotionele toestand.

Stjepan was uitgeput van de ervaring en zijn recente onthullingen, en van het gevoel dat hij geen licht meer had.

Omdat ze wisten dat ze allebei geen weerstand konden bieden, pauzeerden ze in de herinneringen zodat ze konden rusten.

Stjepan dook in de onrust van de slaap met Vladimir nog steeds met zijn armen comfortabel om hem heen geslagen.

HOOFDSTUK LV

Anđelko bleef Goran in de gaten houden.

Toen An slightelko naar haar ademhaling keek, trok hij bij de geringste beweging een frons.

Hij getimed door Gorans inademing, oppervlakkig, werkte.

Zijn borst beefde van de longontsteking en de hoest waarmee hij zichzelf af en toe kwelde.

Anđelko voelde zich nu net zo hulpeloos als toen ze Lucija in haar ziekte zag.

Hij ging op zijn arm staan om een zachte kus op Gorans lippen te leggen en zijn liefde in zijn oor te fluisteren.

Wat kon hij anders doen?

Maar waak en bid en deel hun nabijheid.

Gabrijel liep gracieus door de kamer, ondanks het volume.

Hij schikte de sprei over Kristina en glimlachte een beetje toen ze kreunde in haar slaap.

Omdat ze dacht dat het gewoon haar uitputting was uit het verleden, merkte ze niets op van het vage zweet op haar voorhoofd en bovenlip, de grauwe bleekheid van haar wangen, gedempt door de dichtgetrokken gordijnen.

Ze liep naar het hemelbed om voor haar twee zieke mensen te zorgen.

Hij knikte naar Anđelko en baadde Gorans gezicht, nek en borst met koud water.

Hij paste het verband om haar hoofd aan en verwijderde het vuile verband om haar middel, voordat hij nieuwe aanbracht.

'Slaap zacht, zij het vast, Anđelko. Kristina's oplossing lijkt enig effect te hebben. Het is te vroeg om te zeggen of het bloed van heer

Stjepan vermengd met het hare het gewenste effect heeft gehad. Maar slaap toch.'

Gabrijel glimlachte geruststellend naar Anđelko.

'Gabrijel, moge God met je zijn voor alles wat je doet. Ik weet niet hoe ik mezelf zou hebben aangepakt zonder jullie.'

Anđelko sprak zacht, haar stem schor van haar huilbuien.

Hij boog zijn hoofd alsof hij nog een keer wilde bidden.

Hij merkte dat het hem een gevoel van vrede gaf om zijn lasten met zijn God te delen.

'Wil je nog wat bouillon? Mijn Helena maakt de heerlijkste soepen en bouillons in de wijde omtrek.'

Gabrijel schepte graag op over de talenten van zijn vrouw - nou ja, die die hij met de wereld wilde delen.

Hij dacht erover om zijn getalenteerde tong voor zichzelf te houden.

Hij had een verlangende uitdrukking op zijn gezicht toen hij besefte dat Anđelko hem vreemd aankeek.

Hij moest zijn broek aanpassen vanwege zijn overduidelijke reactie op hem, ik herinner me ook Helena's liefdevolle tong.

Anđelko slaakte een kort lachje en las gemakkelijk de gedachten van de man terwijl hij bloosde.

Dat hielp even zijn innerlijke kwelling te verzachten. Plots begon hij te lachen, en hij kon niet meer ophouden!

De beelden die in zijn hoofd dansten van deze twee relaxte mensen die van sensuele genoegens genoten, waren te mooi om te laten liggen.

Hij viel bijna dubbel van het lachen en bood Gabrijel zijn excuses aan voor zijn antwoord.

Anđelko kwam naast hem staan.

'Mijn vriend, als je wist hoe Helena's talenten zijn, zou je niet lachen!' Gabrijel deelde echt haar vreugde.

Zeker nu een deel van de spanning de kamer verliet sinds zijn komst.

Gabrijel wist wat hij had en hij wilde haar niet laten gaan.

Hij likte zelfs wulps over zijn lippen, tot grote vreugde van Anđelko.

Oh, het voelt goed om te lachen!

Zelfs onder deze omstandigheden voelt het goed, dacht Anđelko toen ze eindelijk kalmeerde.

Toen ze naar Kristina keek, kon het haar niets schelen, aangezien haar tijdelijke vreugde haar niet had gehinderd.

Dus hij was blij.

Hij hield van haar en wilde niet dat haar rust werd onderbroken.

Plots stapte hij uit bed om achter het scherm te gaan, versierd met bloemen en kolibries.

Hij gebruikte het urinoir en waste daarna zijn handen met de kan en kom die er voor dat doel stonden.

Toen dit eenmaal was gebeurd, friemelde hij een minuut door de kamer, maar besefte dat hij bij Goran moest zijn.

Toen hij zag dat Gorans toestand onveranderd bleef, dwaalde Anđelko's blik door de kamer en nam de meubels in zich op.

Naast de scheidingswand stond een gepolijste cederhouten kist en een grote passpiegel.

De gordijnen waren versierd met een rijke saffier van brokaat als aanvulling op de zachtere tint van het dekbed.

Crèmekleurige muren werden geaccentueerd met meer blauwe accenten.

In feite had de hele kamer een veelheid aan blues, van de kussens tot de stoel waarin Kristina leunde, net als de fotolijsten.

Hij herkende een vroege Italiaanse Donatello, Vladimir had erop aangedrongen dat hij goed studeerde.

Het was een gezellige kamer in An inelko's ogen.

Zijn ogen wendden zich tot Kristina terwijl ze rusteloos op de stoel schoof.

Hij fronste.

Er kwam iets niet met haar.

Het was niet vanwege haar haar, dat ze niet had vastgebonden, en dat nu over haar schouders viel, of vanwege haar onvermogen om de hele nacht door te kunnen slapen.

Nee, dat was niet alles.

Anđelko legde een hand op haar kin en streelde het begin van haar snorharen terwijl ze naar het beeld keek dat ze presenteerde.

Dat beeld had iets vreemds.

Hij was geïntrigeerd, maar net als Gabrijel besloot hij dat hij gewoon moest rusten.

Hij besloot dat hij zich bij haar zou voegen terwijl ze sliep.

Zijn lichaam was een massa pijn en blauwe plekken en hij had zijn eigen genezingstijd nodig.

HOOFDSTUK LVI

Kristina's voorhoofd brandde.

Hij worstelde door lagen slaap en koorts, maar kon niet wakker worden.

Haar dromen zaten vol met mythische wezens en het pantser op de begane grond was tot leven gekomen en achtervolgde haar door de gangen van het landhuis.

In zijn droom riep hij verwoed om Vladimir terwijl hij de ene deur na de andere probeerde te sluiten.

Hij stelde zich voor dat hij de stinkende adem kon voelen van het lijk van de persoon die ooit in het harnas woonde.

Hij achtervolgde haar meedogenloos en heimelijk.

Nooit haasten, gewoon vooruitgaan, vastbesloten bij elke stap die ze zette.

Kristina was buiten adem en haar kleding voelde knellend aan in de eindeloze gang.

Hij zag een gedeeltelijk openstaande deur aan het einde van de gang en rende ernaartoe.

Niet op haar hoede voor wat er voor haar zou kunnen liggen, maar wetende wat er achter haar lag, stortte ze zich met haar hoofd de kamer in.

Ze sloot de deur en deed hem op slot.

Met hijgende borst, haar rug naar de kamer, sloot ze haar ogen om diep adem te halen.

Het pantser begon zonder succes tegen de deur te rammen.

Wetende dat hij extra beschutting moest zoeken, draaide hij zich om en opende zijn ogen voor ... afschuw!

Ze zat vast in een slachthuis, demonen scheurden woest naar het vlees van schreeuwende dorpelingen terwijl ze naar haar bloed zochten.

Hij zag zijn ouders, Andrej, zo veel dat hij zag aangevallen worden.

Hij schreeuwde en trok de aandacht van een mooie jonge vrouw, zijn mond druipend van het bloed ...

HOOFDSTUK LVII

Vladimir voelde de angst door zijn aderen stromen.

Dat bracht hem uit zijn droom.

Instinctief wist hij dat er verscheidene uren waren verstreken sinds de dageraad.

In de veronderstelling dat het Stjepan was die ze midden in haar droom angstig voelde, zag ze dat hij vredig naast haar lag te rusten.

Er was iets mis, heel erg mis.

Zijn geweten was ermee bezig.

Hij projecteerde zijn geest op het eigenlijke landhuis, zoekend naar de bron.

Toen hij de kamer naderde waar de zieken woonden, nam zijn gevoel van angst toe.

Hij veranderde van vorm in een stroom stoom, om ongehinderd onder de deur door te gaan, later veranderde hij in een schaduw van zichzelf om de inzittenden niet bang te maken met zijn komst.

Ze stapte over het bed en zag dat het goed ging met Anđelko en Goran, beiden sliepen.

Zuchtend van opluchting vervolgde hij.

Gabrijel had van beddengoed op de grond een soort bed gemaakt zodat Kristina naast Goran kon rusten.

Hij had nog steeds geen angstgevoelens bij hen ontdekt.

Hij draaide zich om en zag Kristina diep in slaap.

Toen hij haar naderde, groeide het gevoel van angst.

Hij fronste haar wenkbrauwen bij haar rusteloze bewegingen en toen schreeuwde ze!

Zijn koortsige ogen werden groot en zagen niets.

Hij ging abrupt overeind zitten en schuifelde door het beddengoed alsof hij haar aanviel en onverstaanbare woorden schreeuwde.

Zijn gezicht was getekend door angst en baadde in de doffe kleur van een zieke persoon.

Hij stond snel aan haar zijde en probeerde haar handen in hun spookachtige toestand te vangen.

Haar angstige ogen waren op hem gericht, maar zagen hem niet.

Ze zag dat Vladimir zijn tanden in Andrejs nek begon te zetten!

Hij moest Andrej redden!

Niets anders deed er destijds toe.

Hij negeerde alle andere demonen en baande zich een weg door de kronkelende massa lichamen naar Vladimir.

In gedachten smeekte ze hem om Andrej te vergeven.

En Vladimir!

Vladimir sloeg zijn violette ogen op en bespotte haar vanwege haar naïviteit.

Ze pakte zijn arm, maar hij schudde haar.

Hij kwam weer naar voren, klauwen die naar haar rok reikten.

Vladimir was buiten zichzelf en probeerde haar onsamenhangende gemompel te begrijpen.

Hij ving een "Vladimir", een "Andrej", een "... neem me", maar hij wist niet wat hij ermee aan moest.

Hij schudde de tijdelijke verrassing en wanhoop die zijn woorden hem bezorgden van zich af en concentreerde zich op het vinden van de bron van zijn waanideeën.

Ondanks haar gekweel en schokken, begon hij met zijn hoofd en streek met zijn vingers over de hele plaats, in een poging om te zien of hij een soort knobbel had.

Toen hij niets van die aard of een snee vond, ging hij verder.

Gabrijel stond toen al aan zijn zijde, bezorgd over wat hij zag.

Vladimir vroeg hem mentaal om water en een schone doek mee te nemen om te proberen zijn voorhoofd af te koelen.

Gabrijel was voorzichtig in zijn bediening en probeerde zijn zwaaiende armen te ontwijken.

Vladimir baande zich langzaam een weg over haar kleren en haar lichaam.

Hij vond eindelijk zijn vinger met tekenen van infectie.

Hij bracht onmiddellijk zijn geest terug naar zijn fysieke lichaam en opende onmiddellijk het deksel.

Hij stapte uit de kist en stormde de kamer binnen waarin Kristina zich bevond.

Hij stormde door de deur, bracht de wond voorzichtig naar zijn lippen en begon het gif te zuigen dat in zijn lichaam leefde.

De tijd nemen, onderzoekend zoals hij had gedaan met Stjepan, om het besmette bloed eruit te zuigen.

Een handige kwispedoor lag vlakbij, waar hij de geïnfecteerde lichaamsvochten achterwege liet.

Hij was blij dat het zich nog niet naar zijn interne organen had verspreid.

Hij was op tijd aangekomen.

Hij zette zijn zachte zuigkracht voort en wilde zijn bloed vrij van infectie houden.

Toen het eenmaal voorbij was, verzegelde het de wond.

Toen opende hij zijn pols om het naar zijn lippen te brengen.

De verdwaasde blik had Kristina's gezicht verlaten en ze begreep wat hij wilde dat ze deed.

Ze bracht haar eigen handen naar haar pols en drukte die dichter bij haar mond.

Hij slikte een paar happen bloed van de vampier in.

Toen ze klaar was, veegde ze de achterkant van haar mond af terwijl hij haar pols verzegelde.

Ze viel uitgeput op de kussens.

"Mijn Vladimir, ik ben je mijn leven schuldig, dank je." Kristina keek naar hem op. 'Ik weet niet wat er is gebeurd, maar ik ben je dankbaar dat je bent gekomen. Ga alsjeblieft even bij me zitten, terwijl ik op adem kom.'

Hij spreidde zijn handen van zijn zij en klopte met een van hen op de stoel.

Vladimir worstelde met de kleine lichtfragmenten die de kamer binnendrongen, maar hij wist dat hij Kristina nu niet alleen kon laten na haar gedrag die nacht.

Als hij voorzichtig was en uit de buurt bleef van lichtstromen, terwijl stofdeeltjes hem onbezorgd achtervolgden, zou dat prima zijn.

Hij trok haar tegen zich aan en droeg haar op zijn schoot.

Hij verwende haar als een kind, streelde haar haar en wreef over haar rug.

Ik was gelukkig.

Ze nestelde zich in zijn borst en reikte in de revers van zijn pak.

Nu de crisis voorbij was, ging er geen woord tussen hen over. En geen enkele was nodig.

Kristina wist dat ze haar nachtmerrie later met hem zou delen, al was het maar om te weten waar ze van gedroomd had.

Voorlopig was ze waar ze wilde zijn en was ze veilig.

HOOFDSTUK LVIII

Stjepan werd even later wakker en ontdekte dat Vladimir niet meer aan zijn zijde stond.

Omdat hij wist dat het veilig was om naar buiten te gaan, verliet hij de donkere kelder om de anderen te zoeken.

Hij trof Helena en Katarina aan die net op hetzelfde moment als hij bij de deur kwamen.

Wetende dat er genoeg mensen waren om voor degenen te zorgen die nog ziek waren, leidde hij Katarina naar een kleine kant, terwijl hij naar Helena knipoogde.

Ze lachte terug en liet hen op weg.

Stjepan ving Katarina in zijn armen en zag hoe ze haar mosgroene ogen wijd open zette.

Hij liet zijn lippen naar de hare zakken, eerst zachtjes, een streling die bedoeld was om haar te vertellen dat hij haar had gemist.

Katarina zonk weg in Stjepans omhelzing en haar lippen gingen open om te laten zien dat ze op onderzoek uit moest.

Stjepan kalmeerde met plezier haar angst gedurende enkele minuten, op zoek naar alle verborgen kwaliteiten die Katarina's mond vertegenwoordigde.

Ze wiegde hem op haar beurt tegen zich aan, onzeker over de veranderingen die ze in haar lichaam voelde.

Ik heb nog nooit iemand zo gekust.

Haar borsten waren hard en puntig.

Het was geen onaangenaam gevoel. Zijn buik had dezelfde emotie die hij voelde toen de kermis met de zigeuners door de stad trok en hij ging om zijn fortuin te horen.

Dat gevoel van iets dat nog gaat komen, van opwindende mogelijkheden die aan je lot worden overgelaten.

Zijn huid was rood en andere plaatsen waren heet en vochtig.

Nee, ze begreep het helemaal niet, maar ze wist dat Stjepan haar zou leren het te begrijpen.

Stjepan kreunde om de ongebreidelde passie waarmee Katarina hem kuste.

Als ik niet oppast, zou dit verder gaan dan wat ik op dit moment van plan was.

Maar ze was absoluut mooi in zijn armen, vertrouwde hem en verkruimelde onder zijn kus.

Zijn handen liepen over haar rug en streelden haar ribben.

Zijn handen stopten net voordat ze haar borsten aanraakten. Wetende dat ze onschuldig was en de relaties tussen mannen en vrouwen niet begreep, tilde hij haar op om naar de bank te lopen.

Hij zat bij haar op schoot.

Zijn lippen braken die vurige kus nooit.

Ze verschoof en realiseerde zich dat hij haar in een nogal ongemakkelijke positie had gebracht.

Hij probeerde discreet haar op zijn schoot te plaatsen, zodat haar mooie kont niet tegen zijn grote hardheid aankwam.

Hij hoopte maar dat ze het niet opmerkte tijdens haar verkenningen.

Katarina tilde haar natte lippen van Stjepan op om aan zijn oor te knabbelen.

Door zijn snelle ademhaling wist ze dat hij haar leuk vond.

Hij vond het absoluut leuk wat hij haar aandeed.

Hij begon liefdeswoorden in haar nek te fluisteren, zijn lippen bewogen tegen het tere vlees.

De polsslag met het bloed van zijn vitaliteit klopt als een afleiding in zijn oren en onder zijn mond.

Niet met het verlangen haar tere vlees met zijn tanden te doorboren, maar met vleselijkheid vanwege zijn brutaliteit.

Zijn groeiende hartstochten bedreigden zijn worstelende controle.

Ik wilde dit goed doen met Katarina.

Hij wilde haar als zijn metgezel van vreugde en metgezel van verdriet.

En omdat hij dat vooral wilde, wist hij dat hij hier nu mee moest stoppen.

Ze leunde met haar hoofd tegen Katarina's voorhoofd en probeerde adem te halen.

Hij liet haar karamelogen zien en wist dat ze net zo aangedaan was als hij.

'Oh mijn lief, wat verleid je me zo erg! Ik wil niets liever dan je hier verslinden.'

Hij sloeg zijn armen om haar heen terwijl hij dit zei.

Katarina worstelde met haar eigen hart en met het bloed dat door haar aderen stroomde.

'Stjepan, ik heb van je gehouden sinds ik een kind was. Ik heb gewacht tot het juiste moment waarop ik bij je kon zijn. Zou je me dit weigeren?' Ze smeekte.

"Mijn liefste, ik ontken je niets. Ik vraag je nog even te wachten, ik smeek je. Ik wil dat je mijn prinses bent, mijn dame. Ik hou van je zoals ik nog nooit van iemand of iets in mijn leven heb gehouden! En ik zou je eren door te wachten tot ik dit kan laten gebeuren. Je hebt mijn hart gestolen. Ik zou alles doen, alles wat je me vertelt! En we zullen ons voor altijd binden. Laat me gewoon met je vader praten en de regelingen treffen. geef me toch drie dagen? "

'Stjepan, je mag je drie dagen krijgen. Maar ik beloof je dat ik niet langer zal wachten. Als ik dan niet je bedpartner ben, ben ik niet verantwoordelijk voor de dingen die ik met je lichaam ga doen.'

Katarina leek een beetje zelfvoldaan toen ze dit zei, maar volkomen onvermurwbaar dat ze meer wilde dan wat Stjepan haar nu kon bieden.

"Nu, kom hier even ..."

ELFDE DEEL
MIHAEL

HOOFDSTUK LIX

Terwijl de uren van de nacht langer werden, stond iedereen naast Gorans bed.

Helena had hun soep opgewarmd en ze hadden genoeg gegeten.

Stjepan en Katarina sloten zich eindelijk bij hen aan en zagen er een beetje verward uit, maar ze hielden hun opmerkingen allemaal voor zich.

De twee wisselden vurige blikken uit, maar hielden hun handen en lippen voor zich.

Vladimir keek op uit zijn gedachten en doorboorde Stjepan met zijn blik.

Stjepan begreep wat erbij kwam kijken en knikte bijna onmerkbaar.

Hij hield zijn hoofd even schuin om zijn gedachten te ordenen, wetende dat hij veel pijn zou onthullen die hij al zoveel jaren in hem had opgeborgen.

Hij had zichzelf gemarteld wetende dat hij Đurđa had gefaald.

En hij wist dat wat hij nu zou onthullen ook Vladimir pijn zou doen.

Hij was zo ongelovig geweest over wat Đurđa hem in zijn laatste ogenblikken had toegefluisterd, dat hij die kennis in zijn hoofd had geblokkeerd.

Pas door de tussenkomst van Vladimir, uren geleden, realiseerde hij zich de gebeurtenissen van die lang geleden nacht volledig.

Hij wist niet hoe hij zou zeggen wat hij te zeggen had, noch wist hij hoe iemand op deze informatie zou reageren.

Hij bad dat Katarina en Kristina hen beiden zouden helpen genezen en omgaan met de pijn van verraad.

Omdat dat was wat het zou worden.

Verraad van de ergste soort.

Hij had mentaal geprobeerd om zichzelf en de rest voor te bereiden op dit verraad.

Een van de redenen waarom hij Katarina opzij had geschoven, was om kracht te vinden voor de taak die voor hem lag.

Nogmaals zuchtend en ze allemaal in de ogen kijkend, begon hij zijn verhaal.

"Dit is wat Đurđa aan mij heeft onthuld ..."

HOOFDSTUK LX

Negentig jaar geleden ...

'Ik kwam aan bij de deur van je huis, Vladimir, en ontdekte dat het was geschonden, bijna uit de scharnieren was gescheurd. Anđelko was bewusteloos en gebonden, een grote wond aan de zijkant van haar voorhoofd en Đurđa was geslagen en er was bloed op haar, op zijn kleren. Ik kwam net voordat hij stierf ... "

Stjepan begon te huilen toen de beelden zich in zijn hoofd herhaalden, net als Vladimir.

Alle anderen letten goed op.

'Ik vloog naar Đurđa's zijde en omhelsde haar met mijn armen. Haar oogleden gingen open en ze probeerde te praten. Het was zo moeilijk voor haar, Vladimir, maar ze was zo sterk. Een van haar ogen was bijna gezwollen en zwart. Rondom vormden zich blauwe plekken. haar. haar keel, bijna alsof ze een strakke ketting had gedragen en het leek alsof haar luchtpijp was verpletterd. Tranen vielen uit haar ooghoeken, droop langs de zijkanten van haar wangen en verdwenen in haar haar. was als een pop! gebroken! Haar nagels waren gebroken en bloederig, ze had gevochten als een wilde kat. Haar kleren waren in wanorde. Ze was vreselijk aangevallen. '

Katarina had Stjepan omhelsd en nu huilde iedereen om wat hij onthulde.

"Hij probeerde rechtop te gaan zitten, maar het lukte niet. Sommige van zijn ribben waren gebroken en een van zijn armen. Toch probeerde hij zijn hand naar mijn wang te brengen. Hij snikte meer toen hij besefte dat hij dat niet kon. Hij had pijn. overal, nee. er was een deel van haar dat niet werd gekweld, geslagen of gebroken. Ik probeerde haar het zwijgen op te leggen, niet te praten, om te proberen haar energie te sparen, wat dan ook. Maar zoals je weet, was ze altijd erg koppig Vladimir. "

Beide mannen glimlachten even naar elkaar, een flits van humor die hun gedeelde verdriet even overschaduwde.

'O god, ze was koppig. Ze zei dat ze eerder die nacht met je had gevochten en dat ze vreselijke dingen had gezegd, maar ze meende niet wat ze zei, Vladimir. Ze wilde dat je wist dat het haar speet. "

Stjepan keek weer op.

'Het spijt me zo, Vladimir. Ik was zo woedend over de dood van muerteurđa, dat ik je niet kon vertellen wat hij zei. Ik weet dat ik het mis had. Dat was het laatste dat ik me herinnerde van die avond, totdat je je helend licht, eerder, op mij. "

'Stjepan, ik koester geen wrok tegen je vanwege je daden. Ik hou van je zoals ik altijd heb gedaan.'

Vladimir sprak met een oprechte stem terwijl hij Stjepans blik vastlegde.

"Dank je Vladimir. Ik hou van je als een broer. Dat heb ik altijd gedaan. Ik was overweldigd door mijn schuldgevoel en woede. En hoezeer het me ook spijt dat ik Kristina heb ontvoerd, en het zou niemand van jullie pijn hebben gedaan, dat hielp we komen door dit punt. Daarom spijt het me niet. "

Vladimir stond stilletjes op van zijn stoel naast Kristina om Stjepan te omhelzen.

Ze bleven een minuut zo.

Toen hun knuffel voorbij was, vervolgde Stjepan zijn verhaal.

'Đurđa vertelde me toen dat ze de gang doorliep toen de deur praktisch uit zijn scharnieren kwam. En voor haar stond ...'

HOOFDSTUK LXI

Op dat moment kwam Goran in beweging.

Glazige, pijnlijke ogen werden groot en Kristina haastte zich naar haar zijde, terwijl Anđelko haar hand weer pakte.

Ze knikte een keer tevreden en ontdekte dat de koorts weg was.

Ze hielpen Goran allebei een tijdje op de kussens te zitten en Katarina bracht hem wat van de genezende bouillon.

Terwijl iedereen ongeduldig was om er eindelijk achter te komen wat er met Đurđa was gebeurd, hielden ze het voorlopig voor Goran weg.

Hij keek verward om zich heen.

"Wat is er gebeurd?" Hij sprak met zijn schorre stem.

Anđelko ging op het bed zitten en omhelsde Goran zachtjes, haar hoofd op Anđelko's borst.

"Mijn liefste, je werd aangevallen door Stankov. Hij bestaat niet meer. De honden en ik stuurden hem naar de zee. Je hebt koorts gehad en bent sinds gisteravond bewusteloos. Oh, ik was bang voor je leven! Ik bad en riep en bleef de hele tijd aan je zijde ".

Anđelko versterkte haar omhelzing nog wat intenser om hem heen.

Hij was niet bereid Goran te vertellen hoe hij was ingestort, of hoe hij had geprobeerd te sterven, in de veronderstelling dat Goran uit zijn leven was verdwenen.

Nog niet in ieder geval.

Hij was er zeker van dat geen van de anderen ook iets zou zeggen.

Wat er tussen de geliefden gebeurde, zou zo blijven.

Boven Gorans hoofd knipperde Anđelko naar iedereen in stilzwijgende erkenning van de dienst die ze haar op deze dag hadden bewezen.

Hij moest nog steeds zijn eigen schaamte over zijn ineenstorting door Gorans levensbedreigende verwondingen overwinnen.

Maar daar zou genoeg tijd voor zijn.

Iedereen maakte zich nog een paar minuten zorgen om Goran, terwijl Katarina haar ogen en gedachten op Stjepan gericht hield.

Hij glimlachte als ze dat allemaal deden, maar ze wist dat het moeilijk voor hem was.

Het was duidelijk in zijn hangende houding en de nerveuze tic die in zijn linkeroog verscheen.

Wetende dat hij niet enthousiast was om zijn verhaal voort te zetten, maar dat hij het toch zou voortzetten.

Zijn vampier was een eerbare man, een dappere man.

Ze wist het al een hele tijd en zou bij hem zijn in alles wat hun werd aangeboden.

Hij was haar hart.

Kristina maakte zich evenzeer zorgen om Vladimir.

Hij was niet zo duidelijk radeloos als Stjepan leek, maar hij vocht ook duidelijk voor zijn zelfbeheersing.

Hij was niet jaloers op wijlen Đurđa en de gedeelde gevoelens tussen de twee.

Ze wist dat Vladimir van haar was.

En hij moest weten dat ze van hem was.

Ze streelde zijn wang om hem te laten weten dat ze er was en hij sloeg zijn hand over de hare om haar te laten weten dat hij in alle dingen bij haar was.

Toen ze weer rustig waren en Gabrijel Goran assisteerde, ging Stjepan verder.

HOOFDSTUK LXII

Negentig jaar geleden ...

'Voor haar stond Mihael ...'

Anđelko hapte naar adem, Vladimir keek stomverbaasd, Stjepan knikte droevig.

Vladimir had het gevoel dat zijn ziel mishandeld was en zijn hart uit zijn borst rukte.

Mihael!

Waarom zou hij zoiets doen?

Hoe kon zijn mentor hem zo vreselijk hebben verraden?

Hij keek Stjepan met gekwetste ogen aan, wachtend om te horen wat hij daarna te zeggen had.

HOOFDSTUK LXIII

Vijfennegentig jaar geleden ...

Mihael bezocht Stjepan al een hele tijd.

Hij zei dat hij er was om Stjepan te helpen en te kijken tijdens zijn vaardigheidstraining, maar hij had een duistere reden.

Ik wilde Đurđa.

Hij had zijn bezoek zo getimed dat het samenviel met zijn komst voor een van zijn zeldzame bezoeken van school.

Nadat hij de kennis van zijn aanstaande aankomst door Stjepan zes maanden eerder had vernomen, wachtte hij zijn tijd af.

Hij had enige tijd nagedacht over hoe hij het onderwerp met Stjepan zou aansnijden.

Hij wist dat hij voorzichtig moest zijn in de buurt van de jonge vampier, bekend om zijn opvliegendheid en precisie met zijn rapier.

Hij wist ook dat hij haar boven alle anderen wilde hebben.

Dus ik was aan het rekenen.

Hij had aandacht voor haar, maar niet overdreven.

Hij vroeg om uw mening over financiële zaken.

Hij bracht zijn middagen met haar door in de bibliotheek om over verschillende onderwerpen te praten.

Maar hoewel ze hem niet helemaal afwees, negeerde ze hem echt.

Hij was woedend over haar zachte toespraken over lichtzinnigheid en haar minachting voor hem.

Op een avond was hij begonnen haar te smeken en, op haar mooie manier, had ze hem afgewezen.

Woedend over haar ontkenningen was hij vertrokken en had zichzelf in stilte beloofd dat hij haar ooit zou laten boeten.

Niemand, niemand behandelde hem zoals ze het durfde!

Niemand!

Zijn ijdelheid en trots werden verbrijzeld door zijn zorgeloze minachting.

Stjepan begreep niet waarom Mihael abrupt zijn gastvrijheid verliet.

En Đurđa had, ter verdediging, de ernst van zijn bedoelingen en de vermeende belediging jegens hem niet gerealiseerd omdat hij zijn genegenheid ontkende.

Ze dacht er niet aan om het tegen Stjepan te zeggen, want het was een kleine kwestie voor haar.

Ze was toen pas zeventien en, zoals jonge meisjes vaak doen, was ze meer geïnteresseerd in mode en roddels dan in de gevoelens van mannen.

HOOFDSTUK LXIV

Negentig jaar geleden ...

'Mijn beste broer, Stjepan, ik had het me niet voorgesteld! Hoe kon ik?'

Đurđa probeerde Stjepan haar standpunt duidelijk te maken door haar te vertellen wat er vijf jaar eerder was gebeurd.

"Oh Đurđa, je bent nergens schuldig aan. Je was jonger en veel onschuldiger, zoals je nog steeds bent. En je smeekte Vladimir toen je negen jaar oud was. Mihael wist hier niets van en Vladimir en ik hadden toen gelachen over je mening over de kwestie. Niet omdat je je pijn hebt gedaan, lieverd, nooit dat. Alleen dat je altijd onstuimig en ongeduldig bent geweest. Maar je hebt de zaken de laatste tijd snel voor ons veranderd. En ik was zo blij dat Vladimir zijn liefde teruggaf aan u. "

Stjepan haalde een zachte hand door Đurđa's haar.

"Sorry Stjepan ..."

'Je hebt niets om je te verontschuldigen of je voor te schamen, Đurđa. Mihael had dit nooit mogen doen! En dus zal ik mijn wraak op hem zoeken!'

'Stjepan, alsjeblieft! Hij zal je vermoorden! En dat kon ik niet verdragen!'

Đurđa was nu zwakker in haar toespraak, nauwelijks een draad van haar leven.

'Je moet me beloven dat je geen wraak zult zoeken! Ik smeek het je!'

Haar smeekbede was aan dovemansoren gericht, terwijl Stjepan haar geluidloos wiegde in een poging haar gekweel te stoppen.

Zijn ogen begonnen hun helderheid te verliezen terwijl hij steeds meer bezweek aan zijn verwondingen.

En hij wilde of hoefde de details van wat Mihael hem had aangedaan niet te horen.

Het bewijs was voor zijn ogen.

En hij veroordeelde de vampier tot in alle eeuwigheid voor het beëindigen van zo'n levendig leven.

Đurđa wist dat de laatste ademhalingen haar lichaam verlieten.

Het werd steeds moeilijker voor hem om te ademen terwijl zijn long verpletterd was en er begonnen kleine druppels bloed uit zijn mond te komen.

Zijn voeten en handen waren al die tijd koud en nu gevoelloos.

Ze beefde terwijl ze in Stjepans armen lag.

Ze had al moeite zich te concentreren op het knappe gezicht van haar broer en wist dat ze Vladimirs knappe gezicht niet meer zou leven.

Hij had er spijt van dat haar afscheidswoorden boos waren geweest en dat ze hem voorgoed verliet, iets wat hij onlangs had gezworen nooit te zullen doen.

Ze deed nog een laatste poging om iets te zeggen.

'Ik hou van jou en ik hou van Vladimir. Onthoud dat alsjeblieft. Ik ga mijn dood tegemoet en hou van jullie allebei. Geen vergelding. Ik wil niet ...'

En daarmee ging Đurđa van het leven dat we kennen naar een ander, waarover alleen in stil gefluister en eerbied wordt gesproken.

Stjepan droeg haar lichaam, al levenloos, sterker tegen zijn borst, huilend over haar heen, terwijl haar lichaam in zijn armen nog kouder werd.

Hij wiegde lange tijd zo met haar.

Ze merkte het niet toen Anđelko wakker werd, ze merkte het verstrijken van de tijd niet op, en ze merkte niet dat de kou door de open deur het huis doordrong.

Hij realiseerde zich niet hoeveel van de dingen die Đurđa hem had geopenbaard uit zijn bewuste geest begonnen te glippen.

Maar hij wist van pijn.

Een diepe, scherpe pijn die zijn ziel greep.

En terwijl hij daar bij haar zat, deed de bitterheid van haar dood haar hart verharden tegen Vladimir.

Vladimir was de oorzaak, de wortel.

Hij had Đurđa vernietigd.

HOOFDSTUK LXV

'Het spijt me, Vladimir. Deze kennis van Mihael en zijn gemeenheid werd een leegte in mijn hoofd.'

Stjepan leunde achterover tegen de bank, uitgeput door de onthullingen.

Iedereen huilde over de manier waarop Đurđa stierf.

Zware tranen en hijgende zuchten over Mihaels verraad.

Vooral omdat Mihael een deel van het leven van Vladimir en Stjepan was gebleven.

Hoe hij had geprobeerd een vrede tussen hen tot stand te brengen, de een en de ander afwisselend gesmeekt om te gaan zitten en hun relatie te herstellen.

Mihael was verantwoordelijk voor de kloof, de gemeenheid, en hij had nooit iets gezegd.

'Waarom? Ik begrijp het niet! Hoe kon Mihael ons zo verraden hebben?' Vladimir kreunde diep in zijn buik. 'Hij is onze leraar geweest, onze gids, onze mentor. Hoe kon hij die vriendschap verraden, de loyaliteit waarmee we hem al die tijd hebben gediend?'

'Ik ken mijn vriend niet. Ik weet dat ik wou dat ik dit niet in mijn gedachten had geblokkeerd. Ik weet dat ik wou dat ik je nooit had weggeduwd. Ik weet dat ik diep spijt heb van mijn gedrag.'

"Ah Stjepan, jij bent het niet die onze vriendschap heeft beschadigd! Dat was Mihael! Ik zie het heel duidelijk. En hij zal hiervoor boeten. Zelfs als hij niets anders doet in mijn leven, zweer ik dat hij zal betalen voor wat hij heeft. gedaan." Vladimir gromde laag in zijn keel.

De rest van de nacht werd besteed aan het maken van plannen voor de uiteindelijke dood van Mihael.

Tegen het ochtendgloren wierpen ze zich allemaal in hun respectievelijke bedden, nog steeds zonder een overeengekomen eindresultaat.

Maar er was hoop.

Vooral omdat Mihael niet wist wat er de afgelopen week was gebeurd.

Hij had Stjepan en Vladimir afzonderlijk aangekondigd dat hij een jaar in Nederland zou zijn en dat was ongeveer drie maanden geleden.

Ze wisten dus dat ze tijd en gelegenheid zouden hebben om zich voor te bereiden op het volgende gevecht.

En met de wetenschap dat ze van plan waren hun mentor te vernietigen, kwamen ze opnieuw samen met een gemeenschappelijk doel.

Maar dat is een ander verhaal ...

EINDE

224

www.ingramcontent.com/pod-product-compliance
Lightning Source LLC
Chambersburg PA
CBHW060532160726
47991CB00001B/294